長編推理小説

西《にし》村《むら》京《きよう》太《た》郎《ろう》

十《と》津《つ》川《がわ》警《けい》部《ぶ》　わが愛《あい》する犬《いぬ》吠《ぼう》の海《うみ》

NON NOVEL

祥伝社

目次

カバー装幀　かとうみつひこ
カバー写真　井出のりお／アフロ

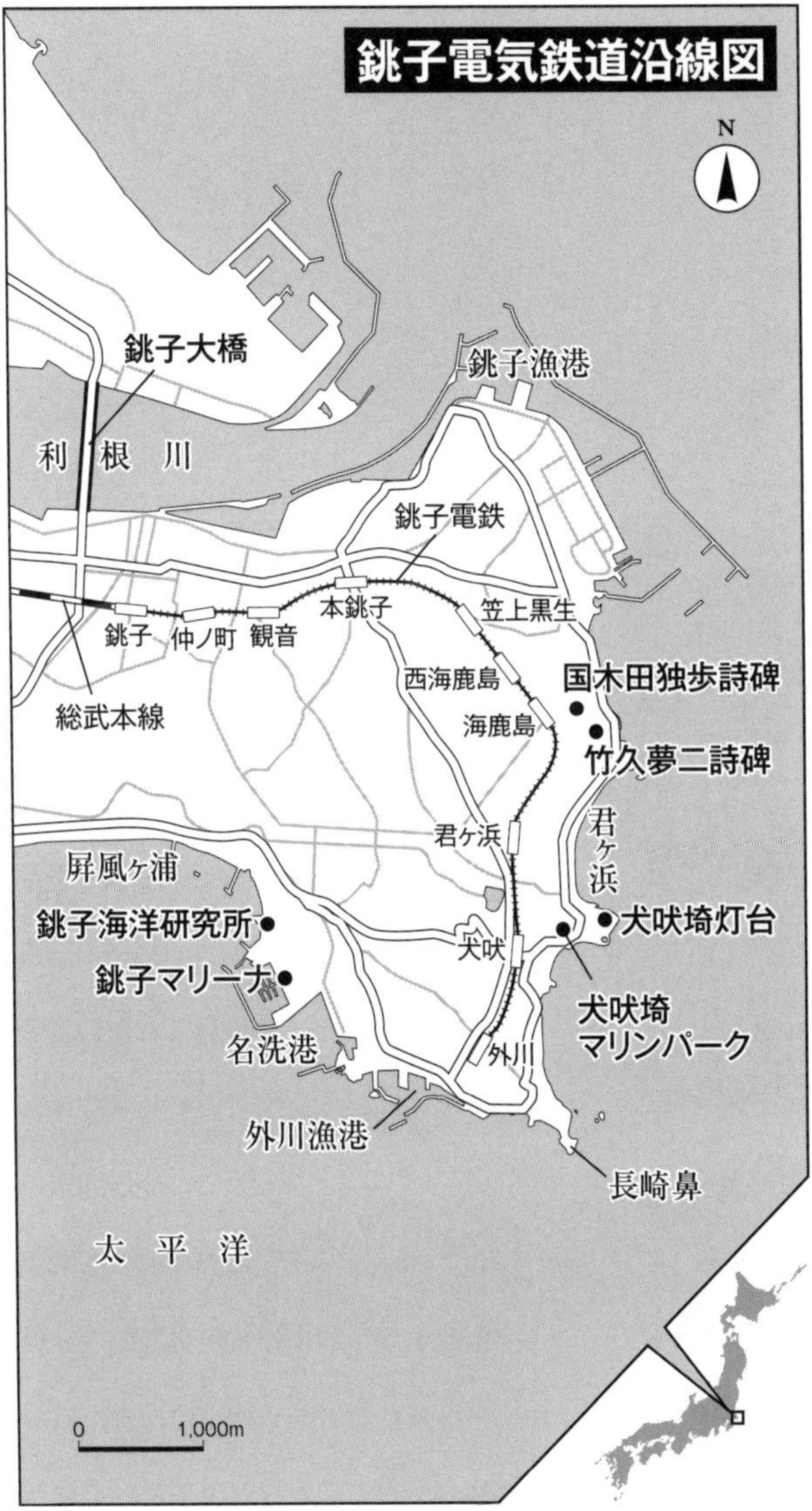
銚子電気鉄道沿線図
N
銚子大橋
銚子漁港
利　根　川
銚子電鉄
本銚子
笠上黒生
銚子
仲ノ町
観音
西海鹿島
国木田独歩詩碑
総武本線
海鹿島
竹久夢二詩碑
君ヶ浜
君ヶ浜
屏風ヶ浦
銚子海洋研究所
犬吠埼灯台
犬吠
銚子マリーナ
犬吠埼
マリンパーク
名洗港
外川
外川漁港
長崎鼻
太　平　洋
0
1,000m

——主《おも》な登場人物——

十津川省三《とつがわしようぞう》……………………………………………警視庁警部

亀井《かめい》、西本《にしもと》、日下《くさか》………………………………………部下の刑事

小池鉄道《こいけてつみち》………………………………東京Tホテルで殺された被害者

竹下治夫《たけしたはるお》…………S大で小池の同級生。広告会社を共同経営

園田恵子《そのだけいこ》…………………………………………S大で小池の同級生

山口由美《やまぐちゆみ》…………………………………………S大で小池の同級生

二宮《にのみや》エリカ…………………小池が外川《とかわ》駅に作った事務所の社員

三浦《みうら》警部………………………………京都府警で十津川の捜査に協力

小野寺《おのでら》警部………千葉県警で十六年前の園田恵子殺しを捜査

第一章　死者からの伝言

1

その男の死体は、今、十津川《とつがわ》の足元に、俯《うつぶ》せに横たわっている。

場所は東京都内、千代田《ちよだ》区のTホテルの特別室である。

床に転《ころ》がっている血まみれの死体から、右手の人差し指だけが伸びて、白い床に、かすれた血で、ゆがんだ文字を書き残していた。

それは、平仮名《ひらがな》で、眼をこらせば、文字であることが分かる。

「こいけてつみち」

と、読める。

おそらく、人の名前だろう。

背中を刺された被害者が、最後の力を振り絞って、自分を殺した犯人の名前を、書き記《しる》したのだろうか？　その犯人の名前が、「こいけてつみち」ということなのだろうか？

十津川が考えていると、そばから、亀井《かめい》刑事が、

「警部、どうやら、違うようですよ」

と、いう。

「何が、どう違うんだ？」

と、十津川が、きく。

「『こいけてつみち』というのは犯人の名前ではなく、被害者本人の名前ではないかと思います」

「カメさんは、どうして、そう考えるんだ？　何か

根拠はあるのか？」

「念のために、フロントに確認したところ、被害者は、この部屋を一週間前から借りていたと、ホテルの人間は、いっていましたが、チェックインした時の名前が『こいけてつみち』だということです」

「そうか、本人の名前か」

「そのようです」

「しかし、誰かに、刺された人間が、最後の最後に、自分の名前を、血文字で書いたって仕方がないだろう」

十津川は、眉をひそめた。

「たしかに、そのとおりなんです。普通に考えれば、自分の名前など書くはずはありませんが」

と、亀井が、いった。

「それで、被害者の住所は、どこに、なっているんだ？」

「京都です。京都市内の四条通《しじょうどおり》東洞院《ひがしのとういん》となっています」

「京都から一週間前に東京に来て、このホテルに、泊まっていた。つまり、そういうことか？」

「今のところ、どうやら、そのようです。ですから、現場に残された血文字の『こいけてつみち』というのは、本人の名前だと思いますね」

亀井が、繰り返した。

（しかし）

と、十津川は、思った。

現場の状況から、考えると、昨夜、客が、訪《たず》ねてきて、被害者は、その客に、背後から、鋭利な刃物で、いきなり、刺されたとしか思えないのだ。

被害者は、白いワイシャツを、背中から切られ、血まみれになっている。何カ所も、刺されている。

犯人は、刺しておいて、逃げ去ったのだ。

そうした状況が想像されるとすると、その後被害者は必死になって、指に、自分の流した血をつけて、犯人の名前を書こうとしたと考えるのが自然ではないか?

しかし、亀井刑事の話によれば、床に書かれた血文字は、犯人の名前ではなくて、被害者本人の名前らしいのだ。

被害者は、どうして、そんなことをしたのか?

死体は、すでに、死後硬直を起こし始めている。大学病院での司法解剖《かいぼう》のために、死体を運び出してから、十津川は、まず、京都府警に電話をしてみることにした。京都に住んでいるらしい被害者について、身元を、確認してもらうためである。

去年、殺人事件の合同捜査で、知り合った京都府警の三浦《みうら》警部を、電話口に呼んでもらい、東京のホテルで殺された「こいけてつみち」という男についての捜査依頼をして、そのあと、ホテルの関係者から、話を聞くことにした。

フロントの話によれば、被害者は、十日前に電話予約をし、三日後の十二月十日の午後三時頃に、チェックインしたという。

その後、外出は、あまりしていない。どうやら、被害者は、自分が、泊まっている部屋に、客を迎え入れて、会うようにしていたらしい。

昨日十二月十七日の午後九時頃、被害者からルームサービスに電話があり、客が来るので、部屋に、ワインと果物を運んでくれるようにといわれ、午後九時三十分頃に、持っていった。

ルームサービスの係は、十二時くらいに、食器を下げるように、いわれていた。ところが、その時間に、確認の電話をしても、客が出ないので、部屋に行ったら、ドアが少し開いていて、死体を見つけたのだった。

死体が発見された時、そのワインと果物は、そのまま、部屋のテーブルの上にあった。ワインは口を開け、訪ねてきた客と一緒に、飲んでいる。おそらく、その後、凶行が行なわれたのだ。

ワイングラス二つから指紋を、採取《さいしゅ》した。

次に、被害者の、所持品を調べる。

フロントの話によれば、被害者は、中型のスーツケースを持って、ホテルに、チェックインしている。その時持ってきたという赤色のスーツケースは、部屋の隅《すみ》に、置かれてあった。

スーツケースの中身を調べてみる。ワイシャツやネクタイ、下着などの着替えが、入っていたが、それらがどれも、かなり高級なものであることは、一目見て、十津川にも分かった。

その中から、何かが盗まれているという感じはなかった。

クローゼットにかかっている背広とハーフコートを、調べてみる。こちらも高級な品だった。

背広のポケットには、革製《かわ》の名刺入れが入っていて、「小池鉄道」と書かれた名刺が五十二枚あり、他人の名刺は一枚ずつしか入っていなかった。

そのことからも、床に書かれていた血文字の「こいけてつみち」は、たしかに被害者の名前であり、漢字では「小池鉄道」と書くことが、はっきりとしてきた。

名刺の住所は、ホテルのフロントがいっていたように、京都の四条通東洞院である。

このホテルに来てから、被害者は何人かの人間に会い、何枚かの名刺を、配ったに違いなかった。

京都の住所は、名刺では、自宅になっている。電話番号も書かれてあったので、何回か、電話をしてみたが、誰も出なかった。

名刺を見ると、会社名のところは「京都広告」となっていたから、広告を引き受ける会社なのかも、しれない。

小池鉄道という人物は、その仕事のために、一週間前から東京に来ていたのだろうか？

ホテルのフロント係は、十津川との話の途中で、

「お客様は、プロ用みたいな、カメラを持っていらっしゃったのですが、部屋の中には、見当たらないようですね」

と、十津川に、いった。

「本当に、プロ用のカメラを、持っていたんですか？」

「そうです。お客様は、一週間前から泊まっていらっしゃいまして、ほとんどお部屋に、いらっしゃったようですが、それでも二回か三回、どこかに、外出されました。その時に間違いなく、大きなカメラを、お持ちになっていましたよ。私が『いいカメラをお持ちですね』と、いうと、お客様は笑って『これでも、プロに見えますか』と、いわれました。ですから、そのことはよく覚えています」

と、フロント係は、いう。

被害者が持っていたというそのカメラは、犯人が、持ち去ってしまったということだろうか？

次第《しだい》に、夜が明けていく。

それでもなお、十津川は、被害者がなぜ、血文字で、自分の名前を書いたのか、なぜ、犯人の名前を書かなかったのかということに、こだわり続けた。

その謎を解《と》くことが、事件の解決に一歩近づくことになると、十津川は、考えていたのだ。

2

夜明けと共に、ホテル近くの丸《まる》の内《うち》警察署に捜査本部が置かれ、十津川たちは、いったん、ホテルから引き揚《あ》げて、丸の内警察署に、入った。

交代で仮眠をとる。

午前九時、十時となるにつれて、司法解剖の結果や、京都府警の三浦警部に頼んでおいた被害者の身元が、次々と、知らされてくる。

最初に連絡をしてきたのは、京都府警の、三浦警部だった。

その三浦がいう。

「小池鉄道は三十八歳。生まれは東京です。大学時代の友人が、京都の生まれで、友人と二人で、京都の西陣《にしじん》に、『京都広告』という広告会社の事務所を構《かま》えて、十年以上前から、仕事をやっています。従業員は、全部で十人です。社長は、京都の友人、竹下治夫《たけしたはるお》氏で、被害者の小池鉄道は、副社長ということに、なっています。二人のことをよく知る人間の話では、会社を作った当初は、思うように、広告が集まらず、苦しい時代があったと、いわれていますが、最近は、順調に、売り上げを伸ばしているようです。おそらく、それだけ、信用が高くなってきたということだと思いますね。竹下社長が出社してきたので、遺体の確認のため、すぐ東京に、行くようにいっておきました。それから、被害者の広告会社が、最近、何か、事件を起こしたというようなことはありません。もちろん、刑事事件もです」

「遺体の確認を、社長がやるということは、本人には、奥さんがいない。つまり、結婚していないということですか？」

「そうです。被害者は、まだ、独身ですね。親しく、付き合っている女性がいるかどうかは、今のところ分からないので、至急調べてみようと思っています」

と、三浦が、いった。

次には、司法解剖の結果が、報告されてきた。

被害者は、背中を三カ所も、鋭利な刃物で刺されており、そのうちの一カ所は、心臓に達していた。おそらく、それが致命傷になったと、思われると、報告書には書かれていた。

被害者自身も、かなり抵抗したと思われるから、犯人も身体《からだ》のどこかに傷を負っている可能性が高いという。

Tホテルの現場から採取した二人分の指紋は、すぐ警視庁に送られて、記録データとの照合が行なわれたが、その中に、二人分の指紋と、同一のものは、発見できなかった。

3

昼を少し過ぎた頃になって、問題の広告会社の社長、竹下治夫が、丸の内警察署の捜査本部に到着した。

竹下治夫は京都の生まれで、副社長の小池と同じ東京の大学を出た後、共同で広告会社をやるようになったのだという。年齢も同じ三十八歳である。

竹下のほうは、身長が一八五センチ、小池も一八〇センチと高く、大学時代は二人とも、野球をやっていたが、残念ながら、どちらもレギュラーにはなれなかったという。

十津川は、司法解剖が終わった小池鉄道の遺体を見てもらうために、大学病院に、竹下を連れていった。

　遺体の身元を確認してもらった後で、竹下には、もう一度、丸の内警察署に戻り、小池鉄道について の話を、聞かせてもらうことにした。

「小池さんが、独身だということは、間違いありませんか？」

　十津川が、きいた。

「ええ、そうですよ。小池は、独身です」

「家族は、いないんですか？　両親とか、兄弟はどうですか？」

「昔から、小池は、よくいっていましたよ。『俺には、この世の中に、頼れる者は、一人もいない。完全な、天涯孤独《てんがいこどく》なんだ』と。また『変に気を遣《つか》わなくてもいいから、天涯孤独のほうが、さっぱりしていていい』といって、笑っていましたよ。確かに血のつながる人間は、一人もいなかったようですね。学生時代も、二人で、会社を始めてからも、小池の家族というものに、会ったことは、一度もありませんでしたから、小池自身がいうように、本当に、天涯孤独な身の上だったんじゃありませんか」

　と、竹下が、いった。

「それでは、恋人はどうですか？　小池さんと、親しく付き合っていた女性はいませんでしたか？」

　十津川が、きいた。

「それは分かりません。プライバシーには、お互いに触《ふ》れないようにしてきましたから」

「今回、小池さんは、東京都千代田区のTホテルで殺されていたのですが、仕事で東京に来ていらっしゃったのですね？」

「そうです。一週間の予定で、東京に仕事に行っていました」

「どんな仕事ですか？」

「私たちがやっている『京都広告』という会社は、いわゆる広告代理店なのですが、これまで私たちの会社に広告を依頼してくださっていた東京のお客さんたちに、引き続き来年の仕事も、お願いしてこようということになって、副社長の小池が、出かけていました。すでに五人のお客さんに会って、全員からいい感触を得たといって、小池は、喜んでいたんですが、最後になって、こんなことに、なってしまって、残念で仕方がありません」

竹下が、いかにも、悔しげな表情で、いった。

「最後に会ったお客さんの名前は、分かりますか？」

「それは、分かりません」

「分からない？　どうしてですか？　小池さんは、東京の古いお客さんに会いにいったんじゃないんですか？」

「今も申し上げたように、五人のお得意さんとは、すでに一昨日《おととい》までに、来年の契約も出来ていましてね。そのあとのお客というのは、小池が個人的に知っている人間で、私は知らない人だったんではないでしょうか。それに、会社の仕事とは関係のない小池の個人的な趣味の相手の可能性もあるんです」

「どんな趣味ですか？」

「旅行です。それも、鉄道を使った旅行です」

「そういえば、小池さんは、妙な名前を持っていましたね。鉄道と書いて、テツミチと読む」

「あれは亡くなった彼の父親が、大変な鉄道ファンで、生まれた彼に、鉄道という名前をつけたんだと聞いたことがあります。その名前のせいか、小池自身も、いつの間にか、鉄道旅行が、趣味になっていたようです。いいカメラも、持っていましたしね」

「あなたは、鉄道旅行が趣味ではないのですか？」

十津川がきくと、竹下は、小さく首を横にふって、

「私は、京都オンリーで、他の場所に興味はありませんから、旅行好きとは、とてもいえませんね」

「なるほど、共同経営者でも、趣味は全く違うわけですね」

「休みの日、私は、家で、ぼんやりしていますが、小池は、よく、旅行に出かけていますね」

「今回も、東京に仕事で出かけていたが、ついでに趣味の旅行もしてくることになっていたんですか？」

「はっきりとはいっていませんでしたが、仕事は、あっさりやってしまったので、最後の一日は、趣味の旅行に当てるつもりだったのかもしれません」

「趣味が一致する人と、会っていたことも、考えられるわけですね？」

「そうです。今もいったように、そうなると相手の人に見当がつきません」

と、竹下は、繰り返した。

「そこで、一つ、分からないことがあるんですが――」

と、十津川は、いった。

「殺人の現場となったホテルの部屋で、小池さんの死体が発見された時、小池さんは、瀕死《ひんし》の状況で、自分の血で、『こいけてつみち』と、自分の名前を、床に書きつけているのです。こうしたケースでは、被害者は、犯人の名前か、犯人の特徴を書き残すものなのですが、なぜ、小池さんは、自分の名前を書いたのか、どうにも解《げ》せないのですよ。自分の名前を書けば、犯人も自然に分かってくると、小池さんは、思っていたのでしょうか？」

「そうかもしれませんが、私には、鉄道旅行の趣味

がないので分かりません。今も申し上げたように、最後に会った相手が、仕事のお客さんか、趣味の相手か分かりませんから。両方にかかわっている相手ということもあります」

「なるほど。小池さんは性格的にどういう人ですか？　友だちは多い人ですか？　どちらかというと、ひとりでいることが多い人ですか？」

「かなり気が強いところがありますね。でも、明るい性格なので、お客さんには好かれていましたね。友だちは、多そうでした」

「小池さんは、女性のことで、これまでに問題を起こしたことがありますか？」

「いや、一緒に仕事を始めてからは一度もありませんね。大学時代には、一度だけ問題を起こしたことがあったそうです。危《あや》うく心中《しんじゆう》に発展するところだったとか。酒を一緒に飲んだりすると、たまに、そのことが話題になりましたが、もうあんな情熱はないよと、笑っていましたが」

「念のために、もう一度、確認しますが、『こいけてつみち』というのは、小池さんの本名ですね？」

と、十津川は、念を押した。

「そうです」

「小池さんは、気に入っていたようですか？」

「趣味の鉄道旅行の世界では、気に入っていたと思いますね。わざわざ、『小池鉄道《てつどう》様』と書いてくる仲間もいるようですから」

「小池さんは、趣味の鉄道旅行の世界では、有名なんですか？」

「そこは私には分かりません。私には、そういう趣味がないので」

と、竹下は、逃げるいい方をした。

それから、京都府警の三浦警部から、何枚かの写真が送られてきた。

　いずれも、鉄道模型の写真である。写真に添《そ》えられた三浦警部の説明には、こうあった。

「小池は、四条通東洞院の1LDKのマンションに住んでいます。部屋では、ジオラマを組みあげ、Nゲージの模型を走らせていますが、小池が、ひとりで作ったもので、何かの審査で、優秀賞を受けています。私も、この世界には弱いのですが、新幹線などは、使わず、地方の小都市とそこを走る地方鉄道といった風景を切り取った、玄人《くろうと》受けするものだそうです。ただそれが、今回の事件と関係があるかどうかは分かりません」

4

　捜査は難航した。

　小池鉄道を殺した犯人像が、なかなかつかめないからだった。

　第一に、広告という仕事の関係者なのか、趣味の世界の人間なのか、分からないことが壁になっていた。

　刑事たちを動員して、午後十時前後のTホテル内の聞き込みをやったが、犯人と思われる人間の目撃者は浮かんでこなかった。

　とにかく、疑問の多い事件だった。

　一番は、やはり、被害者小池鉄道が最後に残した血文字が、犯人の名前ではなくて、小池自身の名前だったことである。

　瀕死の状態でのメッセージである。犯人の名前を書こうとして、自分の名前を書いてしまったのかもしれない。

　そんなことまで考えてみたが、犯人像が分からないことは、同じだった。

想像できることは、次のような光景であった。

仕事で東京のTホテルにチェックインした小池は、予定の五人のお客に会って、無事に来年の契約も取りつけた。そのあと、六人目の客と会うことになった。

十二月十七日の夜、小池は、ルームサービスでワインと果物を用意して、その客を迎えた。ワインは、かなり飲んでいるから、最初から、殺伐《さつばつ》とした雰囲気だったとは思えない。最初は、穏《おだ》やかに始まったのだ。

ところが、何かのきっかけで、突然、相手が兇暴になり、小池の背中を刺したということのようだ。

しかも、三カ所全て、背中を刺されているから、小池が相手に背中を見せている時に、いきなり刺されたことになる。小池自身は、危険な状況にあることに、気がつかなかったのだろう。

もう一つ、凶器は発見されていないから、犯人が持ち去ったのだ。つまり、最初から、凶器を持参して、小池を訪れてきたことになる。

小池のほうから見れば、わざわざ、仕事を、早く終わらせて、会うことにした、相手である。それなのに、どうして相手は、物騒《ぶっそう》な凶器を持って、ホテルに訪ねてきたのか。

そして、最後は、どうしても、小池の最後のメッセージに戻ってくる。

事件の翌日になっても、部屋の白い床には、「こいけてつみち」の字が、残っている。

なぜ小池は、犯人の名前を書かなかったのか？

自分の名前を書けるだけの力が残っていたのなら、犯人の名前が分からなくても、犯人の特徴とか、刺された理由ぐらい残さなかったのか？

その疑問が、壁のように立ちふさがって、捜査本部の空気を重苦しくしていた。

それが、事件から一週間後の二十四日、突然、その壁が崩れたのである。

5

十二月二十四日、すでに年の暮れである。下手《へた》をすると、年を越してしまうのではないかと、十津川が、覚悟していた時、西本《にしもと》刑事が、一冊の週刊誌を持ってきて、広げ、

「警部。この写真を見てください」

勢い込んで、いったのである。

そこには、地方鉄道の閑散《かんさん》とした待合室が、写っていた。

古びた、それだけに、どこか懐《なつ》かしい待合室である。その壁に、駅名が出ている。

「その駅名です」

と、西本が、いう。

十津川は、それを見て、声に出さずに、

「あっ」

と、叫んでいた。

その看板には、横に、

「こいけてつどう」

と、平仮名で書かれ、その下に、小さく「小池鉄道」とあった。

その看板は、待合室の古びた景色《けしき》に比《くら》べて、やたらに、新しい。

「どこの鉄道だ？」

十津川が、きいた。

「千葉県を走る銚子《ちょうし》電気鉄道です」

「銚子電鉄なら知っている」

と、十津川は、いった。

何年か前、マスコミに、その名前が取りあげられたからだ。

銚子電鉄は銚子を起点にした小さな私鉄である。銚子駅から、海岸線の、少し内側を走って、終点の外川《とかわ》まで駅の数は一〇駅、全線乗っても、料金は三四〇円、時間は二〇分もかからない。

この銚子電鉄が、赤字で悩んでいることをマスコミが取りあげると、この鉄道には、ファンが沢山《たくさん》いて、助けるために、一斉《いっせい》に、この私鉄で売っている「ぬれ煎餅《せんべい》」を買うために、殺到《さっとう》したのである。

テレビには、「ぬれ煎餅」の大きな袋を抱《かか》えた、観光客で一杯の車内が映し出されたりした。

「ぬれ煎餅」の売上げだけで、赤字が解消するはずもないのだが、その後、この銚子電鉄が倒産した話は聞かなかった。

「とにかく説明してくれ」

と、十津川が、促《うなが》した。

「これは、大急ぎでの聞き込みですから、大ざっぱな話になりますが、銚子電鉄は、去年の一月に、列車の脱線事故を起こしました。その車両が破損して、それを修理する費用が、捻出《ねんしゅつ》できなくなったので、車両の数を、いっぱいいっぱいで運行してきた銚子電鉄は、一両が破損してしまったために、平常どおりの運行ができなくなってしまったのです」

「確か前は、『ぬれ煎餅』だったね」

「今回は、地元の銚子商業高校の生徒が立ち上がって、募金活動を始めました。それが人々の共感を呼び、二カ月間でたちまち四八四万三千円が、集まったのです。これを廃線寸前から復活をとげた奇跡、と呼ぶ人もいます。一方、会社側も、今回、駅の愛称命名権販売に踏み切りました」

　西本が、話すのを、十津川は、急に止めて、全員を一カ所に集めて、話を聞き、討論に持っていくことにした。

「これを、銚子電鉄では、ネーミングライツ販売と呼んでいます」

「施設の愛称を売るというのは、今までにもあったんじゃないか？」

「ありました。例《たと》えば、調布市《ちょうふ》には、都所有の『東京スタジアム』がありますが、このネーミングライツを味《あじ》の素《もと》が取得して、現在、『味の素スタジアム』と、なっています。交通機関の場合は、路線バスの停留所に、有料で企業名を表示したり、一番古い例は、三越《みつこし》デパートが、駅の建設費を全額負担したので、地下鉄銀座《ぎんざ》線に、『三越前駅』が生まれています」

「銚子電鉄は、どんな売り方をしたんだ？」

「始発の銚子駅は、ホームがＪＲと共通なので、実際に売り出されたのは、次の仲《なか》ノ町《ちょう》から、終点の外川駅までの九駅です。販売相手は、個人ではなく、企業としたのは、銚子電鉄が、一緒に銚子を活性化するパートナーが欲《ほ》しかったからだといいます。本来の駅の名前と、その値段は、次のとおりです」

　西本は、黒板に、書きつけていった。

仲ノ町　（なかのちょう）　一八〇〇万円
観音　（かんのん）　一八〇〇万円
本銚子　（もとちょうし）　一五〇〇万円
笠上黒生　（かさがみくろはえ）　一五〇〇万円
西海鹿島　（にしあしかじま）　一〇〇〇万円
海鹿島　（あしかじま）　一二〇〇万円

君ヶ浜　（きみがはま）　一五〇万円
犬吠　（いぬぼう）　二〇〇万円
外川　（とかわ）　一八〇万円

「価格は、どうやってきめているんだ？　駅の広さか？」

刑事の一人が、きいた。

「それは、乗降客数などに応じて設定されている」

「それなら合理的だ」

「買った企業には、どんな利益があるんだ？」

「電車の車内で毎回呼んでくれる。『次は〇〇駅』とね。それから、駅に名前が表示される。車内案内に表示。更新時の優先交渉権。看板作成費は銚子電鉄が負担する。それが一年間だ」

「それで、実際に、どんな企業が、買っているんだ？」

「地方鉄道だからね。大企業の名前はない。地元の中小企業の他は、小池鉄道のような、銚子電鉄のファンということだね。小池は駅名を買うために、広告会社を使ったのだろうか」

西本が各駅に、購入した企業や業種を書き込んでいった。

仲ノ町　地元のパチンコ店
観音　工務店
本銚子　期間中に応募なく、再募集
笠上黒生　ヘアケア製品の製造・販売
西海鹿島　米穀商店
海鹿島　工務店（観音駅と同じ企業）
君ヶ浜　情報処理サービス
犬吠　沖縄ツーリスト
外川　当初は応募なく、その後、小池鉄道が

「なかなかバラエティに富んでいるね」

「ヘアケア製品の会社は、どんな利点があるとみて駅名を購入したんだ？」

「ある意味、この企業が、一番トクをしたといわれている」

「どんな利益だ？」

「笠上黒生という本来の駅名を、髪毛黒生《かみのけくろはえ》に変えたんだが、それがぴったりだと人気になったんだ」

「犬吠が一番高いのは、銚子電鉄の中で、一番有名だからだろうね？」

　と、十津川が、きく。西本がうなずいて、

「そのとおりで、やはり、一番人気があります。駅も大きいし、リゾートホテルも近くにあります」

「しかし、購入したのは、地元の企業ではなく、沖縄の旅行代理店になっているね。沖縄の旅行会社が、千葉の犬吠駅の愛称を購入しても、仕方がないんじゃないか？」

「私もそう思ったので、この会社に電話してみたんですが、話を聞いて眼からウロコでした」

「どうして？」

「沖縄というと、観光の本場と考えてしまいますが、沖縄の人も、観光で、どこかへ行きたいわけです。沖縄ツーリストの社長は、こういいました。『沖縄人の自分から見て、犬吠は、大変魅力的な観光地である。だから、すでに二回も、沖縄の人々に、犬吠観光ツアーを企画した。ちゃんと商売になった』」

「面白い考えだよ」

　と、十津川は、うなずいてから、

「最後は外川駅だが、小池鉄道はどんな考えで、この人気のない駅の愛称を買ったんだろう？」

「それをぜひ、知りたいですが、実際に、この駅に行ってみないと、分からないという気がします」

「だから、明日、君に一緒に行ってもらう。その前に眼を通しておく必要のあるものがあるか？」

十津川にきかれて、西本は、今回の駅名販売について、銚子電鉄が出したパンフレットを、渡した。

「銚子電鉄ネーミングライツ」と書かれたものだった。

十津川は、明日に備《そな》えて、ゆっくりと、眼を通すことにした。

最初に、地域（地方）鉄道の経営の難《むずか》しさを訴え、それを克服《こくふく》するため、今回、駅名愛称命名権（ネーミングライツ）販売に取り組むことになったのだが、この企画にすぐ応じてくれた企業に感謝すると共に、今後もよきパートナーとして、銚子の活性化のために、共に協力していくことを誓う、と書かれていた。

その企業の中に、小池の会社も入っているとすれば、小池と銚子電鉄は、かなり古くからの付き合いなのではないのか。企業の中に、旅行代理店はあったが、小池鉄道のような鉄道マニアはいないように見える。

（ひょっとすると、そのことが、小池鉄道を、死に追いやったのではないのだろうか？）

各企業のプロフィールは、次のとおりと書いてある。

仲ノ町駅　（株）K
設立　一九五三年七月
資本金　九八〇〇万円
従業員　一〇〇〇名

事業所　神奈川、千葉県内
事業内容　レジャー事業他

観音駅　藤工務所
資本金　三〇〇〇万円
事業内容　建設業

笠上黒生駅　(株)メソケアプラス
事業所　東京
事業内容　ヘアケア商品の製造・販売

西海鹿島駅　(有)根本商店
事業内容　米穀販売

海鹿島駅　藤工務所　(愛称)文芸の里
資本金　三〇〇〇万円
事業内容　建設業

君ヶ浜駅　(株)Mソリューション
資本金　二〇〇〇万円
従業員　一〇〇名
事業内容　ソフトウェアの設計・開発他

犬吠駅　沖縄ツーリスト(株)
資本金　五五〇〇万円
従業員　六四二名

外川駅　(株)小池企業
資本金　五〇〇万円
従業員　二名

小池企業というのは、広告会社とは別の、小池の会社だろうか。
それにしても、ほとんどの企業は小さい。企業というよりも、グループである。
銚子電鉄自体も、小さいのだ。
銚子電気鉄道線の案内パンフレットも入っていた。その説明には、こうあった。

起点　銚子駅
終点　外川駅
駅数　一〇駅
開業　一九二三年（大正十二年）七月五日
所有者　銚子電気鉄道
路線総延長　六・四キロ　全線単線
電化　直流六〇〇V
運行速度　最高四〇km／h
現有車両　七車両　電車　蒸気機関車

歴史
一九一三年（大正二年）十二月　地元有志によって設立された銚子遊覧鉄道により銚子——犬吠間開業（蒸気）
一九一七年　赤字で廃業
一九一八年　バス路線となる
一九二三年　銚子鉄道として、銚子——犬吠——外川間開業（非電化）
一九二五年　電化、伊那《いな》電気鉄道が筆頭株主
一九四五年（昭和二十年）七月二十日　空襲により変電所と車庫焼失　運転休止
一九四五年十二月三日　国鉄から蒸気機関車を借り入れ運転再開
一九四六年六月十日　電車運転再開

一九四八年八月二十日　銚子電気鉄道（資本金一〇〇万円）となる。

銚子電鉄も、地方の小鉄道と同様に、経営に苦しんできている。

六両の車両で、時刻表を動かしているが、ぎりぎりの車両数である。だから、今回のように、その中の一両でも故障してしまうと、平常どおりの時刻表が組めなくなってしまうのだ。それだけで廃線寸前の危機といわれてしまう。

十津川が覚えている数年前の経営危機は、車両が、いずれも、中古なので、国の運行許可を得るのに金がかかるというものだった。それが何とか、乗り切ってきている。

銚子電鉄自身は、「廃線も覚悟したが、奇跡的に復活」と書いているが、十津川が、この鉄道の歴史を読み、想像を逞《たくま》しくすると、この鉄道の特殊性があるような気がしてくるのだ。

地元の人たちの、この鉄道に対する愛着が、他の地方鉄道に比べて、異常に強いように思える。

地方鉄道は、その多くが、離れて走る幹線（ＪＲ）の間を、つないでいる。特に中国地方では、山《さん》陰《いん》と山陽《さんよう》を走る幹線の間をつないでいるものが多い。

千葉でも、小湊《こみなと》鉄道といすみ鉄道は、この二つで、外房《そとぼう》と内房《うちぼう》を走るＪＲをつないでいる。つまり、そのことに存在意義があるので、純粋に、その地方の人々のための地方鉄道とはいえないような気がする。

その点、銚子電鉄は、少し違っている。ＪＲに接続する銚子駅が始発駅だが、終点の外川駅は、別のＪＲの線ではないのだ。

つまり、ＪＲとＪＲの駅とをつないではいないのだ。だから、銚子で、この列車に乗る人は、純粋に、地元の人か、観光客ということになってくる。

しかも、銚子や犬吠というその地方の名所へ行く観光客に限定される。あとは、沿線の学校や会社の学生や社員ということになる。乗客の種類が分かりやすいのだ。

だから、前の赤字危機の際も、今回の場合も、この路線を知らない人間には、絶望的に見えたに違いないが、この銚子電鉄の観光ファンや、地元の人間たちは、純粋なファンと地元の人たちで、ひと味違う。火事場のバカ力よろしく、奇跡を起こしてしまったのではないか。

そんな中で、小池鉄道は、どんな気持ちで駅名ライツに参加したのか？

もう一つ、それが殺人と関係があるのかどうか？

小池が自分の名前を書き残したのは、この駅に手がかりがあると、いいたかったのだろうか？

6

翌日、十津川は、西本刑事を連れて、銚子に向かった。

東京駅から、ＪＲ総武《そうぶ》本線に乗る。

年末だが、朝から、暖かい日だった。

銚子駅で降りる。

降りたホームは、ＪＲのホームである。

そのホームを歩いて行くと、ホームの先端が銚子電鉄のホームになっていた。

待合室もあるのだが、小さくて可愛《かわい》らしいホームである。

すでに、銚子電鉄の電車が入っていた。

ウィークデイなのに、乗客の数が多い。

駅名ライツで評判のせいだろうか。

動き出すと、すぐ、次の仲ノ町駅に着く。

乗客が一斉に、窓から、ホームに向かってカメラを構えた。どんなふうに、名前が変わっているか、興味があるのだろう。

ホームの待合室の壁の表示板は、「パールショップともえ」と買い主の店名が書かれ、次の駅名「藤工務所　かんのん」も、ちゃんと載《の》っていた。その駅名表示が、やたらに新しいのに、駅そのもののほうは、やたら古びている。

あっさり発車して、すぐ、車内放送が「次は藤工務所　かんのん」と伝える。

本来の駅名「観音」は、そのままで、今回の愛称「藤工務所　かんのん」と、車内放送は、呼んでいる。

現在、「かみのけくろはえ」になっている、笠上黒生駅は、単線の銚子電鉄のすれ違い駅なので、ホームが二つある。下りのホームは、「髪毛黒生」になっているが、上りホームは「笠上黒生」の、本来の表示が大きい。

ここでは、乗客が、必死でカメラで看板を狙《ねら》っていた。駅名購入の企業がヘアケアメーカーで、駅名が、ぴったりだと話題になったからだろう。つまり、リピーターの乗客なのだ。

海鹿島駅を購入したのは、観音駅を買ったのと同じ藤工務所と分かった。だから、「文芸の里」みたいな名前にしたのだろう。それに、ここに来ると、駅近くに、国木田独歩《くにきだどっぽ》や竹久夢二《たけひさゆめじ》が来たという碑があるので、藤工務所が「文芸の里」という名前をつけた理由が分かった。

犬吠駅は、有名だし、銚子電鉄の中でも、一番大きな駅でもある。ここまで、カメラだけを各駅に向けていた観光客も、ぞろぞろと自分が降りていく。

　十津川と西本も、いったん、ここで降りることにした。殺された小池鉄道が、昔から、犬吠のファンだったということが、別の班の調べで、分かったからである。

　銚子電鉄の中で、一般の人々が知っている駅名は、この犬吠と銚子の二つぐらいだろう。

「だから、二〇〇万円の値打ちがついたんでしょうね」

　と、西本が、いった。

　駅も大きいし、駅構内も広い。

　駅は、ポルトガルの宮殿ふうで、平成九年、関東の駅百選に選ばれている。

　近くには、犬吠埼《いぬぼうさき》灯台もあり、リゾートホテルもある。

　駅の構内では、銚子電鉄の各種グッズ、記念切手、入場券、乗車券、それに、名物の「ぬれ煎餅」の実演販売もしていた。十津川は、この駅名愛称を購入した沖縄ツーリスト（株）に興味を持っていたから、その企業名が書かれた駅名看板に眼をやった。

One《ワン》 Two《ツー》 Smile《スマイル》 O T S
犬吠埼温泉
いぬぼう駅

　少しばかり、しゃれた看板である。

7

最後は、終点の外川駅である。

殺された小池鉄道が、一八〇〇万円で購入した駅である。

犬吠駅で、多くの観光客が降り、そして、上りに乗って戻って行き、この外川駅まで、乗ってきたのは、十津川と西本の二人だけである。

漁港の最寄駅で、一般観光客が、興味を持つ駅ではなかった。

「鉄道ファンなら、興味を持つと思います」

と、西本がホームを見廻《まわ》した。

「かつてNHKの朝の連続テレビ小説『澪《みお》つくし』のロケがあったところですし、駅の造りが、昔のままになっていますから」

確かに、駅の造りは、古いままである。

待合室の中にある看板には、「とかわてつどう」の真新しい文字があった。

ホームの端まで歩いてみると、そこには、以前の主力車両「デハ八〇一型」が、保存されていた。

その一方、「イルカ&クジラウォッチング」（海洋研究所）の看板も出ていた。

「この外川駅に、小池鉄道の足跡が残っているかどうか知りたいね」

と、十津川が、いった。

構内を見廻しても見つからないので、駅員にきいてみることにした。

銚子電鉄の一〇駅のうち、無人駅は、本銚子、西海鹿島、海鹿島、君ヶ浜、の四駅で、他の六駅には、駅員がいることになっている。この外川駅にもである。

駅事務室で、外川駅の勤務が長いという、木村《きむら》という駅員に会った。

「例の駅名ライツですが、この外川駅は、最初は、希望者がいなくて、再度の募集で、(株)小池企業の小池鉄道が一八〇万円で手に入れたそうですね?」

と、まず、十津川が、念を押す感じで、きいた。

「そのとおりです。(株)小池企業の小池鉄道さんが、駅名の権利を手に入れました」

「外川駅は、銚子電鉄の終点でしょう? 駅も大きいのに、なぜ、人気がなかったんですか?」

と、十津川が、きいた。

木村は、ちょっと困ったという、表情で、

「銚子電鉄は、銚子の町の中を走っています。終点の外川駅も、文字どおりの終点です。銚子の町を走る鉄道で、そこで完結しています。外川で降りたら、ここで一泊するか、近くの漁港を見に行くぐらいしかありません。もう一つ、一つ手前の犬吠が、銚子電鉄最高の名所になっています。外川に巨大な団地でもあれば、夕方、その団地へ帰る人たちで、駅も賑《にぎ》わうでしょうが、それもありません。最大の問題は、鉄道ファン以外に、この外川に関心を持つ人はいないことです。つまり、一つ手前の犬吠までは、観光客も沢山やってくるが、外川駅にまで興味を持つ観光客は少ないのです。銚子電鉄のファンでも、犬吠までの各駅には、関心を示しても、外川は、彼らの興味をひくものはありませんし、ここまで観光客は、やって来ないのです。また地元の人でも、外川に住んでいる人は少ないので、外川から乗って、銚子方面に行く人はほとんどいません。そこで、会社でも、経済性を考え、銚子―外川という電車を少なくして、銚子―犬吠間を走る電車を多くしたこともあります。事情を知らない第三者には、不《ふ》思議《しぎ》に見えると思いますが」

「終点まで行く乗客が少ないというのは、小さな鉄道では変わっていると思いますが、日本では、他にもあるんじゃありませんか？」

と、十津川がきく。鉄道ファンだったという小池が、外川の駅名を買ったというからだった。

「私も、長年銚子電鉄に勤めているので、外川のケースは、珍しいんだろうと思っていましたが、ここの駅名を買った小池さんは、さすがに鉄道オタクらしく、よく似た鉄道路線があると、教えてくれました」

「どこを走っている鉄道ですか？」

「ＪＲ吾妻《あがつま》線といって、草津《くさつ》などへ行く列車です。近々、ダム工事のあおりで、路線が変わるようですが、今は、昔のまま、上野《うえの》発の特急『草津』が走っている路線です。上野から高崎《たかさき》を通って草津温泉へ行くための列車で、草津へ行く人たちは、よくこの特急列車に乗ったそうです。この線に乗ると、終点の一つ手前の『万座《まんざ》・鹿沢口《かざわぐち》』で、たいていの乗客が降りてしまうのです。特急は、ここ止まりです。ところが、次の『大前《おおまえ》』という駅が終点なのです。小池さんは、この吾妻線が好きでよく乗られたといってましたが、『万座・鹿沢口』で降りるたびに、なぜここが終点ではなくて、次の大前駅が終点なのか不思議だったそうです」

「小池さんは、大前駅まで、乗って行ったことがあったんですかね？」

「不思議に思って、何回か、大前駅まで乗って行ったそうです。本当に小さな駅で、終点なのに無人駅なので、びっくりしたそうです。その点は、この外川駅のほうが、マシですよね。小池さんは、うちとか、吾妻線の大前とかのような駅が好きなんだそうです。やはり、鉄道マニアなんでしょうね」

「そんな小池さんが、この外川駅の駅名を買ったのは、それらしい理由があると思うんですが、その点について、何かいっていませんでしたか？」

これは、十津川が、この外川駅に来て、一番知りたいことだった。それが分かれば、今回の殺人事件の最大の問題点「動機」が、明らかになるのではないかと思っているのだ。

ところが、木村は、

「小池さんは、先日亡くなりましたね。その捜査で来られたんでしょう？」

と、急に、話題を変えてしまった。

「確かに、そのとおりですが、今の質問については、どう考えられますか？」

十津川も、食いさがった。


「申しわけありませんが、小池さんから、それらしい話は聞いておりません。第一、私は、この銚子電鉄しか知りませんから」

と、木村がいう。

この中年の駅員は、答えをわざとはぐらかしたのか、本当に知らないのか、十津川には判断がつかなかった。

「小池さんは、企業として、この外川駅の愛称を買ったんだから、彼は、ここに、事務所を置いているんじゃありませんか？」

「駅の外に、小さい事務所がありますよ」

と、木村はいった。

第二章　十六年前の犬吠埼《いぬぼうさき》温泉

1

十津川と西本は、鍵を借りて、小さな事務所に入った。

中には誰もいない。

事務所は、いかにも質素な、小さなプレハブ造りの建物だが、真新しく清潔な感じがした。

中には、事務机が二つ、向かい合って置かれている。それに、来客用のソファが一つ。机の上には、ノートパソコンが一台置かれていた。

壁には、五〇インチの中古のテレビがかかっていたが、もちろん、何も映っていなかった。

壁には、この外川の近くにある、銚子海洋研究所の写真が三枚、パネルにして、掲《かか》げてあった。イルカとクジラのウォッチング写真である。

その写真を見ながら、十津川が、

「この事務所には、亡くなった小池さんのほかに、もう一人、社員がいたように見えますね？」

と、駅員の木村にきいてみた。

「ええ、たしかに、二十代の、若い女性社員が一人、いらっしゃいますよ」

と、木村が、答える。

十津川は、その女性社員の名前と住所を、きいた。

木村の返事によると、その女性社員の名前は、二《に》宮《の》エリカだという。住所は、銚子の市内に住んでいることは、間違いないが、詳《くわ》しい住所までは分からないと、木村が、いった。

十津川が、二つの机の引き出しをあけて調べてみると、片方の引き出しに、小池企業の社名入りの二宮エリカの名刺が百枚近く入った、小さな箱が見つかった。彼女の住所も、連絡先として、書かれている。

それによると、住所は、銚子市街部のマンションとなっていて、携帯電話の番号も書いてあった。

十津川はすぐ、その携帯の番号に、電話をした。

呼び出し音が二回鳴っただけで、すぐに、若い女の声が、

「もしもし」

と出た。

「二宮エリカさんですね?」

と、十津川が、きく。

「ええ、そうですけど、そちらは、どなたでしょうか?」

「私は、警視庁捜査一課の人間で、十津川といいます。亡くなった小池鉄道さんについて、あなたに、いろいろとお話をお聞きしたいので、お手数ですが、今から、外川の、事務所まで来ていただけませんか?」

「分かりました。お伺《うかが》いします。でも、今すぐには、行けませんので、一時間くらい後でよろしいでしょうか? おそらく、そのくらいで、そちらに行けると思いますけど」

と、女が、答える。

「もちろん、それで結構ですよ。それでは、事務所でお待ちしていますので、よろしくお願いします」

と、十津川は、携帯電話を切った。

十津川は、彼女を待っている間、机の上に置かれ

ていた、ノートパソコンに電源を入れて、画面に映し出される画像を見ていた。

ノートパソコンの中には、かなりの数の銚子周辺と思われる写真が、保存されていた。その中には、カメラを持った小池自身も写っていたから、どうやら、画像の多くは、小池鉄道自身が撮影したものらしい。

2

一時間半ほど経《た》って、二宮エリカが、やっと、姿を見せた。

たしかに、二十五、六歳と思える若い女性である。

十津川たちは、彼女と、事務所の中で話し合った。十津川は正直に、いった。

「亡くなった小池鉄道さんと、われわれは、生前に話したことが、まったくありませんでしたし、この外川駅の駅名を、買って、ここに、事務所を作っていたことも、まったく知らなかった。ですから、どんな小さなことでも、いいので、小池さんのことが、知りたいのです。そこでまず、あなたが、小池さんと知り合った時のことから、話してもらえませんか？」

十津川の大雑把《おおざっぱ》な、質問に対して、二宮エリカは、どう答えていいのか、困ったような表情をしていたが、

「分かりました。私が知っていることでしたら、いくらでも、お話ししますよ。ただ、まずはコーヒーを、一杯飲みたいんです。刑事さんも、お飲みになるでしょう？」

と、いった。

十津川と西本が返事に迷っていると、彼女は、さっさと、棚からコーヒーポットを取り出して、コーヒーを淹《い》れ始めた。たちまち、狭い事務所の中が、コーヒーの香りでいっぱいになった。

コーヒーを淹れると、今度はコーヒーカップを取り出して、三人のカップに、コーヒーを注いだ。

「どうぞ」と、二人にすすめ、自分もゆっくりと味わってから、二宮エリカは、

「私が小池社長に、初めて会ったのは、今から一カ月ほど前です」

と、いう。

「銚子電鉄が列車事故を起こしたことがあって、その修理の費用が足らなくなって困っていた時、最初に地元銚子の高校生たちが、銚子電鉄を助けようと、募金活動を始めたんです。それと一緒に、銚子電鉄も、駅名を売るという事業を、始めました。私も銚子電鉄が好きですから、お金があれば、私の名前でどこかの駅の名前を、買いたかったんですけど、残念ながら、それができなかったので、どんな人や会社が、駅名を買うのか、見ていたんです。そうしたら、買おうとしている人がいて、その人が、社員を一人募集していると聞いたので、すぐに、応募したんです。その時に、この外川に来て、この事務所で、小池社長に、初めて会いました。小池社長は、京都の広告会社を、お友だちとやっているが、自分はもともと東京の生まれで、昔から、この銚子電鉄が好きだったから、駅名を買おうと思う。私には、そんなことを、おっしゃっていました」

と、エリカが、いった。

「われわれの調べたところでは、小池鉄道さんという人は、昔から、犬吠が大好きで、あそこの灯台や、海が好きだったといっていた、という話もある

んです。それなのに、小池さんは、犬吠の駅ではなく、どうして、人気のない、この外川の駅の名前を、買ったんでしょうか？　そのことで、小池さんは、あなたに、何かいっていませんでしたか？」

十津川が、きいた。

「社長は、犬吠だけではなく、この銚子電鉄自体が、好きで、それに、外川も鉄道ファンには、人気がある。自分も、この外川には愛着があるので、銚子電鉄が駅名を、売りに出していると聞いて、外川の駅名を買おうとしているんだと、私には、そんなふうに、いってらっしゃいましたよ。ですから、この事務所の壁にも、ごらんのように銚子海洋研究所の写真や、外川漁港の写真が、飾《かざ》ってあるんです。私も小池社長と一緒に、この写真を、撮《と》りに行きましたから、社長の話が、ウソではないことがよく分かりました。それだけに、突然、あんな形で亡くなってしまって、残念で仕方がありません」

「しかし、そこにある、ノートパソコンに、入っている画像を見ると、小池さんは、犬吠埼温泉に行って、そこの旅館に泊まり、犬吠埼周辺の写真を、撮りまくっていますよね？　ですから、小池社長は、銚子電鉄が好きというより、やはり犬吠埼に愛着があったんじゃありませんか？」

と、十津川が、きいた。

「小池社長が犬吠埼に行った時は、私は、一緒じゃありませんでした。何でも、小池社長は、以前、犬吠埼温泉に行って、ぎょうけい館という、古い旅館に泊まったことがあるそうです。その旅館は、好きな高村光太郎《たかむらこうたろう》という詩人と、奥さんの智恵子《ちえこ》さんとの出会いの場となったところで、有名な『智恵子抄《しょう》』という詩集にも、書かれたんですって。せっかく外川に、事務所を作ったので、その旅館が見たくて、出かけていったんだと、小池社長は、おっしゃっていましたよ」

「それじゃあやっぱり、彼はこの外川より、犬吠のほうが、好きだったんですよ」

と、西本が、横から、いった。

「いや、そんなことは、ありません。それはないと思いますよ」

エリカが、急にムキになって、否定した。

「どうしてですか?」

と、十津川が、きく。

「だって、もし、小池社長が、本当に犬吠が好きなら、どうして、犬吠の駅名を買わないで、この外川の駅名を、買ったんでしょうか? おかしいじゃありませんか?」

エリカが、抗議をするように、十津川に、いった。

「それで、銚子電鉄が、始めたネーミングライツという、駅名を売る話のことを、聞きたいんですが、最初の時、この外川の駅は、銚子電鉄の駅の中でいちばん人気がなくて、この駅の名前を買いたいと指名する企業は一つもなかったと聞きました。これは、本当の話でしょうか?」

と、十津川が、きく。

「私も、そう聞いています。いくつかある銚子電鉄の駅の中でも、外川駅は、いちばん人気がなくて、希望する人が、なかなか、出てこなかったそうです。でも、結果的に、小池社長が、外川の駅名を買ったんですから、それでいいんじゃありませんか?」

と、エリカが、いう。

「一つ教えて下さい。犬吠駅はもっとも、人気があったので、駅の中では、価格が、いちばん高かった。ほかの駅が、一〇〇万円から、一八〇万円の間で売られていたのに、犬吠駅だけは、人気があったので、二〇〇万円という価格が、設定されていて、沖縄の観光会社が買ったと聞きましたが、それだけ、人気のある犬吠駅なら、他にも希望者がいたんじゃありませんか？　その時には、どうするんですか？　例《たと》えば、抽選というようなことに、なるんですか？」

と、西本が、きいた。

「たしかに犬吠駅を、希望する企業がいくつかあって、結果的には、沖縄の、観光会社に決まったと聞きました。でも、どうやって、決めたのかは公表されていないので、私には分かりません。その点は、私ではなくて、銚子電鉄におききになったら、いいんじゃありませんか？」

と、エリカがいう。

「分かりました。銚子電鉄に、きいてみましょう。犬吠駅に人気が集中していても、小池さんだって、昔から犬吠が、好きだったのなら、最初に犬吠駅に申し込んだんじゃありませんかね？　ところが、抽選か、何かに外《はず》れてしまって、仕方なく外川駅の駅名を、買うことにした。そう、考えるのが自然だと思いますが、どうですか？　そう思いませんか？」

「たしかに、刑事さんのいわれる通りかもしれませんが、私は、そんな話を、小池社長からは、一回も、聞いていませんよ。最初から、自分は、外川駅を買うことに決めていたんだとおっしゃっていましたから」

と、エリカが、いう。

「そうですか。しかし、その話は、あまり、信用できませんね」

十津川が、いった。

「どうしてですか？」

と、エリカが、不満げな眼で、十津川を見た。

「亡くなった小池鉄道さんは、今もいったように、犬吠が好きで、それで、この銚子電鉄も好きなんだと、周《まわ》りの人たちに、いっていたらしいのですよ。つまり、小池さんが、銚子電鉄が好きなのは、犬吠という駅があるからで、それなら普通に考えて、犬吠駅の駅名を、申し込んだはずですし、人気のない、この外川駅の駅名を買うとは、私には、どうしても、思えないのですよ。だから、小池さんも、最初は、犬吠の駅名を買おうとした。しかし、何かあって、買えなかった。そういう話を亡くなった小池さんから、聞いていませんか？」

もう一度、十津川は、きいてみた。

二宮エリカは黙《だま》ってしまったが、急に、

「予算が、合わなかった、ということじゃないですか？」

十津川の顔を見た。

「残念ですけど、何も知らないんです」

と、エリカは繰り返す。

十津川は、質問を変えてみた。

「一カ月前から、社員に採用されて、この事務所に来ているということですね？」

「ええ」

「でも、小池さんは、住まいが京都だし、京都にある広告会社の副社長なんだから、毎日、この事務所で会っていたわけではないはずですがね」

「ええ、社員になって一カ月なんですけど、変な会社で、ウィークデイが休みで、土、日だけ出社すればいいんです。ですから、一カ月といっても、土日だけですから、正確には、八日間しか働いていないんです」

と、エリカは、笑っている。

「小池さんは、その理由について、あなたに話しましたか？」

「簡単に、今は、京都にいて、向こうに、会社があるんだと、いわれました」

「将来どうするかという話は、聞いていますか？」

「私も、将来が心配なので、きいたんですよ。これからも、ずっと、こんな、土、日だけの仕事ですかって」

「小池さんは、何といってました？」

「間もなく、京都から出てくることになるので、そうなったら、正常の勤務になると、おっしゃっていました」

「それは、本当のことを話していると思いましたか？　それとも、いいかげんなことを、話していると思いましたか？」

と、十津川が、きいた。

「本気で、話されていると思いました」

「なぜ？」

「だって、私に、嘘《うそ》をつく必要がありませんから。鉄道ファンなので、駅名を買ったが、あきたら、京都へ帰るといえばいいんですから。私だって、アルバイトのつもりでした」

「給料は、どう計算していたんですか？　一カ月で、八日間じゃ、生活できなかったでしょう？」

「それが、八日間の勤務で、一カ月分の給料を貰《もら》えたので、ありがたかったですよ」

「八日間、どんな仕事を、やっていたんですか？」

と、西本が、きく。

「レンタカーで、外川周辺をドライブして、その案内をしたり、銚子電鉄についての噂《うわさ》を、まとめて、お話ししたりしていました。小池社長は本当に、銚子電鉄の将来が、心配らしくて、私が耳にする噂話でも、細かく、聞きたがりましたから、私も、なるべく、銚子電鉄に関係のある噂を、かき集めて、小池社長に伝えていました」

「京都の話を、あなたにすることは、ありましたか」

「ご自分からは、話されませんけど、私が、質問すると、丁寧《ていねい》に話してくださいました」

「京都のどんな話をしていたんですか？」

と、十津川が、きいたのは、何か京都で、面白くないことがあって、それが、殺人の動機になっているかもしれないと思っていたからである。

「そうですねえ」

と、エリカは、考えながら、

「私の知らない京都の面白さなんか、話してくれました」

「例えば、どんな？」

「京都の楽しさと、嫌《いや》らしさとか」

「京都の嫌らしさって、どんなことですか？」

「京都に行って、一番、腹が立ったのは、本音《ほんね》と、タテマエの違いなんですって。例えば、京都でマンションに住んでいて、隣の部屋を買ったのだが、壁をぶちぬいて、つなげて、使おうと思い、隣近所の部屋にあいさつしたんですって。有名な菓子店で買った菓子折を持って。そうすると、皆さん、笑顔で、どうぞ、どうぞというので、てっきり、反対はされていないと思って、いざ改造に取りかかろうとすると、工事でうるさくされては、困るとか、一カ月以内でないと困るとか、つまり、工事をやらせないんですって。最初から反対なのに、表面的には反対しないで、改造をやらせないんだ。ああいう市民性に、ついていけないから、そのうちに、東京に戻るつもりだと、おっしゃってました」

「それが、京都の嫌らしさということですか？」

「正確には、京都人の嫌らしさ」

と、いって、エリカは、笑った。

「他にも、そんな話を、あなたにしていたんですか？」

「本音と、おせじの区別がつかなくて、いつも腹を立てていたとも」

「例えば――？」

「京都には、有名な言葉があって、ご飯に呼ばれたら、三回は断わるものだと。そんな風習はもうすたれていると思ったら、実際に、生きていて、恥《はじ》をかいたことが、あったんですって」

「どんなふうにですかね」

「小池社長は、独身なので、京都へ移ってすぐ、大事な取引先から、見合いをすすめられたんですって」

と、話すエリカは、何となく、楽しそうである。

「女性の家に行って、将来の話をしていたら、夕方になって、『晩ごはん、いかがですか？』ときかれたので、『いただきます』と、喜んだら、とたんに、相手の態度が、変わったんだそうです。あとで、分かったんだそうですが、『晩ごはん、いかがですか？』ときいたのは、もう夕方になったから、そろそろ、帰ってくれませんかという意味で、そういわれたら、察しよく、長居をしたことを詫《わ》びて、さっさと、帰らなければいけないのに、ずうずうしく、いただきますといったので、そのお見合いは駄《だ》目《め》になったそうです。自分は、東京の人間で、そういう芸当ができなくて、腹が立ったと、おっしゃってましたから、東京に戻りたいというのは、本音だったと思います」

「東京に戻ってくるとして、東京で、何をするつもりだったんですかね」

「その辺のくわしいことは、話してくれませんでしたけど、外川の駅名を買ったり、駅の外に、事務所を作ったりしたのは、その準備だったんじゃありませんか？　今から考えると、そんな気がするんですけど」

「この外川で、何か新しい仕事を始めるつもりだったと？」

「ええ。だから、私の案内で、外川周辺を車で、見て廻っていらっしゃったんじゃないかしら？」

と、エリカは、いう。

「土、日にやってくると、小池さんは、あなたから、外川周辺に流れている噂話を聞きたがったそうですね？」

と、十津川は、また、さっきの話に戻った。

「ええ」

「その話を聞かせてください」

「でも、本当に噂話ばかりだから、信ぴょう性は、全くありませんよ」

「それでも、構《かま》いません。とにかく、小池さんは、土、日に、ここで、あなたと顔を合わせると、あなたから、その噂話を聞きたがったんでしょう？」

「ええ」

と、肯《うなず》いたが、迷っている気配に、十津川のほうから、

「さっき、あなたは、この外川のことで、噂か何かあって、それを聞いて、小池さんは、急に、この駅名を買うことにしたといおうと、したんじゃないですか。それが、ずっと気になっているんですよ」

「そう、とられるようなことを、私が、いいました？」

と、エリカが、いう。

「そのことについて、あなたは、小池さんに、直接話を聞いたことはないのですか？　どんな噂を聞いたのかと」

と、西本が、いった。

「ええ、きいたことは、もちろん、ありますよ。刑事さんが、興味を持ったように、私だって、小池社長が、どうして、自分がいちばん好きな犬吠の駅名を、買おうとしないで、ほかの会社が買おうとしない外川の駅名を買ったのか、そのことに、とても、興味がありましたから。それで、きいてみたのです。でも、小池社長は、そんな噂は知らないし、自分は、最初から、この外川という駅が気に入っていて、ここの駅名を、買おうと決めていたんだ。そういって笑っていらっしゃるだけでしたから、それ以上は、何も聞いていません。やはり、値段が理由じゃないですか」

と、エリカが、いう。

「しかし、これも繰り返しになりますが、事務所の机の上に置いてあるノートパソコンを見てみると、小池さんは、ここに事務所を作った後にも、一人で犬吠埼温泉の、ぎょうけい館という、古い旅館に行って、そこで、一泊しています。この旅館は、詩人の高村光太郎が、妻になる智恵子と出会ったところだし、有名な『智恵子抄』にも出てくる場所ということでした。たしか、そうでしたよね？」

「ええ、そうですけど――」

「ひょっとすると、その後も、小池さんは何回か、犬吠に、行っているんじゃありませんか？」

「いいえ、それだけは絶対にないと思いますよ」

と、エリカが、きっぱりと、いった。

「どうして、そうはっきりと否定できるのですか？」

「小池社長は、その一回だけ、私に黙って犬吠埼温泉に行きました。でも、そのほかは土、日には必ず、この外川駅に来て、この事務所で、仕事をしたり、時には、私を連れて、この外川の魅力を、探《さぐ》ろうといって、いいカメラを持ってこの周辺のあちこちを走り廻っているんですよ。そして、この外川の近くにある、銚子海洋研究所や銚子マリーナ、あるいは名洗《なあらい》港という港を、見に行ったりしているんです。小池社長は、私に、よくいっていましたわ。銚子の北側というのは、もうこれ以上、どうやっても発展のしようがないが、これからは、こちらの外川側が発展する。少し西に行けば、東洋のドーバーといわれる屛風《びょうぶ》ケ浦《うら》海岸があるし、銚子マリーナだってある。それに最近、この一帯を、埋め立てて、新しい観光スポットにしようという、動きもあるから、間違いなく、外川の時代が、やって来るんだ。そう確信している。小池社長は、そういって、張り切っていらっしゃったんですよ」

エリカは、強い口調で、いった。

「もう一つ、あなたに、おききしたいのですが、あなたがここにいた一カ月の間に、この事務所に、誰か小池さんを、訪《たず》ねてきた人はいませんか？」

と、十津川が、きいた。

十津川は、Tホテルの現場を思い出していた。

小池鉄道を殺した犯人は、被害者の背後から、背中を三カ所刺している。その一カ所は、背中から刺して、心臓に達しているのだ。

かなり、力のある人間と、十津川は、考えていた。

まず、男だろう。その男は、この外川の事務所に、小池を訪ねてきたことがあるのではないかと十津川は、考えたのである。
もし、そうなら、二宮エリカは、犯人を見ている
ことになる。
「私が知っている限りでは、この一カ月間、ここに
は、誰も訪ねて来てません。小池社長が、一泊で犬
吠埼温泉の旅館に行った時、向こうで、誰かに会っ
たのかもしれませんけど、それについては私は、分
かりません」
と、エリカが、いう。
「犬吠埼温泉で一泊した、そのほかは土、日だけに
しろ、小池さんは、あなたと一緒に、この外川の町
の周辺を、写真に撮りながら車で廻ってたんです
ね？」
と、西本が、きいた。
「ええ、そうです」
「その時、小池さんと一緒に、外川のどんなところ
に行って、写真を撮ったのか、できれば、われわれ
を、そこに案内してもらえませんか？」
と、十津川が、いった。
「それは構いませんけど、この外川から先は列車
が、走っていないから、車が、必要になりますよ」
と、エリカが、いう。
「車は、われわれが、レンタカーを借りてきますか
ら。そうですね、明日の朝、銚子の駅で、落ち合う
ことにしませんか？　向こうで、レンタカーを借り
ることにしましょう」
と、十津川が、提案した。

3

この日、十津川と西本は、いったん犬吠に戻り、
小池鉄道が、泊まったという犬吠埼温泉の、ぎょう

けい館という古い旅館に、泊まることにした。

ぎょうけい館は、犬吠の駅から歩いて数分のところにある旅館である。一八七四年（明治七年）の創業というから、たしかに歴史のある、古い旅館である。

旅館の中には、高村光太郎と、妻の智恵子の写真がパネルにして飾られていた。やはり、この旅館の、いちばんの売り物といえば、名作『智恵子抄』が、生まれた宿ということなのだろう。

十津川が、仲居《なかい》の一人に、話を聞いてみると、彼女は、小池が、ここに一泊した時のことを、よく、覚えていた。

この旅館に、小池鉄道が泊まったのは、十一月二十五日になっていた。その日の旅館の宿泊者名簿を、見せてもらうと、間違いなく、小池鉄道の名前があったが住所は京都ではなく、外川の事務所の住所が、書かれていた。

十一月の二十五日はウィークデイだから、小池は、京都の会社のほうを休んで、犬吠埼温泉のぎょうけい館に一泊したということになる。

京都の共同経営者には、なんと話していたのだろうか？

「小池さんのことで、何か覚えていることがありますか？」

と、十津川は、仲居にきいてみた。

「あの時、小池さんは、大学卒業の寸前に、男女二人ずつで、仲間と一緒に来たことがあると、おっしゃいましてね。その時の何かが、こちらに残っていないかというので、うちのおかみさんが、調べてみたんです。何しろ十六年前の三月の一日なので、多分、何もないだろうと思っていたんですが、それが奇跡的に、写真があったんです。十六年も前のその日に、この旅館のオーナーが、館内で改修を必要とする場所があるかどうかを調べて、写真を撮っていたんですが、その中の一枚に、偶然、小池さんたちが、写っていたんです。写真を撮っていたオーナーも気付かなかったし、小池さんたちも、気付かなくて、そんな写真が見つかって、小池さんは、大喜びされました。その時、小池さんたちは、誰も、写真を撮っていなかったそうなんです」

「それで、小池さんは、どうしたんですか？」

「その写真をぜひ借りたいとおっしゃいましてね。すぐコピーして返しますというので、おかみさんが、お借ししたんですけど、なぜか、小池さんから、返却はありませんでした」

「返してほしいと、おかみさんから、小池さんに要求はしなかったんですか？」

と、十津川は、きいた。

「おかみさんは、していないと思います。十六年前の三月に館内の改修のために撮ったもので、改修はもう終わっていますから」

「どんな写真か覚えていますか？」

「はっきりとじゃありませんけど——」

と、断わってから、仲居は、十津川たちを、露天風呂の場所に、案内した。

「ここも、改修前は、少し、形が違いましたけど、庭が、見えるところは、同じです。オーナーは、その時、窓ガラス越しに庭が見えるように、写真を撮っていたんですけど、その庭に、小池さんたち四人が、浴衣《ゆかた》姿で、かたまって、海の方を見ているのが、写っていたんです」

「その時、小池さんは、大学四年で、男女二人ずつで、来ていたといいましたね？」

「ええ」

「その四人の顔が、分かるように、写っていたんですか？」

「横顔ですけど、はっきり分かる写真でしたね。だから、小池さんは喜んだんだと思います」

「その時、小池さんたちは、この旅館に何日、泊まったんですか？」

「一日だけです。四泊五日で、銚子周辺を、廻るのだといって、その一日目がうちだったんです」

「どんなふうに廻ったんだろう？」

と、十津川が、きくと、仲居は笑った。

「そこまでは、私も、おかみさんも、小池さんにはきいていません」

と、いった。

「その時の小池さんたちの宿泊者名簿は、ありますか？」

「はい。創業の時から、宿泊者名簿は、大切に保管してございます」

仲居は、おかみさんに連絡して、十六年前の三月一日のものを、持ってきてくれた。

そこには、間違いなく、小池たち四人の男女の名前があった。

小池鉄道　東京Ｓ大四年
竹下治夫　〃
園田恵子《そのだけいこ》　〃
山口由美《やまぐちゆみ》　〃

いずれも、東京のＳ大学四年とあり、住所も、東京だった。

その中に、現在、小池と共同経営で、京都で会社をやっている竹下の名前のあることに、「あれ？」と思ったが、二人は学生時代から仲がよく、卒業したあと、二人で広告会社を、立ち上げたのだろう。

十津川たちは、四人の名前を、念のために、自分たちの手帳に、書き写した。

翌朝、十津川と西本は、旅館で朝食を済ませた後、銚子駅に行き、駅前の営業所で車を借りて、二宮エリカを待った。

エリカは五分おくれて現われたが、車に乗ってから、

「今も、不思議《ふしぎ》で仕方がないことなんですけど」

と、いい出した。

「それは、亡くなった、小池さんに関してのことですか？」

と、十津川が、きいた。

「ええ、もちろん、小池社長に関することです」

「どういうことですか？」

「昨日もお話ししたんですけど、私は、一カ月間、あの外川の事務所で働きました。でもウィークデイは、事務所に来なくてもいいと小池社長にいわれて、土曜日と日曜日だけ、行っていましたから、一カ月といっても、実質的には、八日間しか働いていません。それでも小池社長は、一カ月分のお給料を、来月の分まで、ちゃんと払ってくれました。あれは、いったい、どういうことなんでしょうか？」

と、エリカが昨日と同じことをいうのだ。

「実は、われわれも、その辺のところをもっとよく知りたいとは思っているんです。殺された小池さんについては、まだ分からないことがたくさんあって、捜査が行き詰まっているものですから」

と、十津川が、正直に、いった。

最初は、十津川が、運転することになって、ハンドルに手を置いてから、

「小池さんは、現在、京都に会社も住まいもあるこ

とを、あなたに話し、自分は京都に向いていないので、そのうち、東京に戻るつもりだと話してくれたんでしょう？」

「そうですけど、それが、いつになるか分からないとも、いわれたんです。その間、土、日だけ、外川に来ているなんて、無駄ですよね」

と、エリカは、いうのだ。

十津川が、運転するレンタカーは、西本が地図を見ながら教えるルートに沿《そ》って銚子電鉄には関係なくまっすぐに、南下していった。

海岸に出ると、海岸沿いの道路を、逆の方向から外川に向かう形になった。

助手席で地図を見ていた西本刑事の案内と、二宮エリカの説明に従《したが》って、十津川の運転するレンタカーが、まず向かったのは、銚子マリーナだった。

銚子マリーナは、名洗港という小さな港の近くに、海に張り出す形で作られたヨットハーバーである。そこには、二、三十隻《せき》のヨットが、係留《けいりゅう》されていた。

確かに、名所犬吠埼から離れた外川から先の海岸にも、真新しい観光施設が、徐々にだが、作られつつあるのだ。

改めて、銚子の地図を見ると、大きなげんこつの形で、太平洋に張り出している半島全体が、銚子市である。

そのげんこつの中を走る鉄道は、銚子電鉄一本だが、この鉄道は半島の北と東の海岸沿いに走っていて、南端の外川駅が終点である。もし、その先にも線路が敷かれ、ぐるりと半島を一周して、始発の銚子駅に戻ってくるようになっていれば、さぞ、便利だったろう。

それでも、銚子電鉄は、赤字に苦しみながらがんばり続けた。それが、ぬれ煎餅であり、地元高校生たちの募金活動であり、銚子電鉄ネーミングライツなのだろう。

ただ、地図を見れば、明らかに、外川と、銚子の間が空白になっていて、銚子電鉄の走る海岸線だけに、名所や観光地が、集中してしまっている観は否《いな》めない。

それでも、ここにきて、ようやく、外川の先の海岸線にも、観光の光が、射《さ》してきたということなのだろう。

次に、十津川たちが、向かったのは、海岸線に作られた銚子海洋研究所だった。

銚子の沖には、黒潮《くろしお》が流れている。その黒潮にのって、イルカやクジラが現われる。それを、船上からウォッチングする研究所である。

担当者に会って、きくと、ウォッチングする相手も、季節によって違っていて、料金も差があるという。

例えば、春や夏は、イルカの群れに、出会うことが多いので、乗船料金は、四月から六月が、一回六五〇〇円。七月から十月は三五〇〇円。料金に差があるのは、前者で見られるのが、沖合イルカで、後者が沿岸イルカだからだという。

さらに、十一月から十二月にかけては、クジラが見られるので、七〇〇〇円だという。

しかし、この日は、海が荒れ気味なので、ウォッチング船は出ていなかった。

そのあと、海岸線にある小さなレストランで、少し遅めの昼食をとることにした。

その時、十津川は、二宮エリカに、亡くなった小池鉄道のことを、さらに、きいてみた。と、いっても、彼女が、外川の事務所で働いたのは、一カ月。

それも、土、日だけの八日間である。それでも、銚子電鉄に絡《から》んで、小池のことをきく相手としては、今のところは、二宮エリカしかいなかった。

「私が、今、一番知りたいと思うのは――」

と、十津川は、正直に、エリカに向かって、いった。

「殺された小池さんは、京都に自宅マンションを持ち、会社もあった。あなたには、そのうちに、東京の方へ戻るつもりだといっていたというが、具体的に、戻って、何をするつもりだったのか。銚子電鉄の外川の駅名を買い、プレハブの事務所を建て、あなたを社員にした。そのあと、どうするつもりだったのかを、知りたいんだ。ただ単に、鉄道マニアだったので、面白くて駅名を買ったのか。われわれは、事実を知りたいんですよ。そうしないと、事件の解決が、難《むずか》しいですからね。あなたは、小池さんから、その辺のことで、何か具体的に聞いていませんか？」

「実は、私も、その辺のことを、小池社長にききたかったんです」

と、エリカが、いった。

「どうしてですか？」

「だって、小池社長が、外川の駅名を買ったのが、鉄道マニアの一時的な興味からだったら、私だって、ずっと、この外川で働くわけにも、いきませんから」

「それで、小池さんは、あなたにどんなことを、いったんです？」

「東京に戻ったら、ここで、何か事業を始めて、全力をあげるつもりだと。今まで寂《さび》しかった外川の近くにも、観光施設が出来てきたから、将来、楽しみだとも、おっしゃっていたんです。それで、私も、外川のあの小さな事務所で、しばらくは、我慢して働こうかなと思っていたんです。それが、こんなことになってしまって、正直がっかりしているんですよ」

と、エリカが、いった。

第三章　十六年前の写真

1

　十津川は京都に行って、竹下治夫に会う必要があると思った。竹下には、小池鉄道が殺された時に、一度来てもらって話を聞いてはいたのだが、その時は、ほとんど、話らしい話はしていなかったからである。

　十六年前の旅行の時に、たいへんな事件が起こったという、記録があったのだ。

　今度は捜査の上で、竹下治夫から、じっくりと、話を聞く必要があると感じていた。

　そこで、十津川は若い西本刑事を連れて、東海道新幹線「のぞみ」で、京都に向かった。

　十二月の末ということもあって、京都は寒かった。底冷えである。

　京都駅から、電話をかけ、アポを取ってから、竹下治夫が社長をしている広告会社に向かった。

　京都では珍しい十二階建てのビルの一階に、その広告会社があった。

　若い社員が多く、活気のある会社だと、十津川は、感じた。そのことが社長の竹下の表情にも表われていた。自信満々の感じである。社長室で会うと、十津川はすぐ、

「東京では、われわれが、殺人事件の捜査に当たっています。そこで、どうしても竹下さんのお話を、お聞きしなければならなくなりまして、それで、今

日、お邪魔したわけです」

と、いった。

「小池とは大学時代からずっと一緒でしたし、京都に来て今の広告会社を立ち上げてからも、形としては、私が社長で、小池は、副社長ということになっていましたが、実際には、共同経営者というか、大事な仕事上のパートナーでした。ですから、小池が亡くなったことは、仕事上でも、友人としても、大きな痛手です」

と、竹下がいう。

「今回の殺人事件で、われわれが、もっとも知りたいのは、その動機が何だったのかということです。いろいろと、調べてみたのですが、動機が、はっきりしないのです。それで、おききしたいのですが、小池さんが銚子電鉄の駅名を買って、外川駅前に小さな事務所を作って、何か、仕事を始めようとしていたことを、竹下さんは、ご存じでしたか?」

「いや、まったく知りませんでした。そのことは、今、初めて知りました。彼は鉄道が好きでしたから、趣味で、駅名を買ったのでしょうが、彼の本当の仕事は、こちらの京都の会社ですよ。ですからそれは、小池の遊びだったに違いないと、思います」

という竹下に対して、

「ところが、そうでもないようなのです。外川の駅前に事務所を作った小池さんは、女性の事務員を一人雇《やと》いましてね。その外川駅の周辺だけではなくて、銚子電鉄全体を、いろいろと調べ始めていたのです。小池さんが、どうして、そんなことをしていたのか、分かりますか?」

「まったく分かりませんね。今も申し上げたように、この広告会社の仕事については、小池と、共同経営ですが、私は、鉄道には何の興味もありませんし、彼の趣味については、まったく、関知していなかったので、刑事さんに、きかれても、答えようがないのですよ」

と、竹下が、いった。

「そうですか。実は、今から、十六年前のことに、なるんですが、当時、あなたも小池さんもS大の四年生で、女子大生二人を入れて、四人で四泊五日の予定で、犬吠埼周辺を旅行していますね。卒業を目前に控えた三月の一日から五日までです。皆さんは、まず一日目には、犬吠埼温泉の古い旅館に、泊まっている。そのことは、覚えていらっしゃいますか？」

「たしかに、小池たちと四人で犬吠に行った覚えは、ありますよ。その後すぐ、S大を卒業してからは、何とかして自分の会社を持って、成功させたいという、その一念で、一生懸命働いてきたので、犬吠の旅行のことは、刑事さんにいわれるまで、全く忘れていました」

と、竹下はいう。

「その時の旅行は、四人全員がS大の四年生で、男子学生が、あなたと、小池さん、それに、女性の同級生が二人、その四人で、犬吠埼の周辺を旅行したのじゃありませんか？」

「たしかに、そういわれれば、そんなこともあったかなという気もしますが、十六年も前のことだし、あの旅行の後、すぐに卒業しましたからね。何とか社会人として成功して、自分の会社を持ちたいと、そのことばかりを考えていたので、旅行のことは、すっかり、忘れてしまっていましたね」

竹下が、繰り返す。

「その旅行中に、事件が起きましたよね？　一緒に、旅行に行った四人の中で、女性の一人が、亡くなったんじゃありませんか？　旅行の二日目に、銚子電鉄の終点、外川で降り、海岸にある小さなリゾートホテルに泊まった時、小池さんがもう一度、犬吠埼を見たいといって四人で犬吠に行くことにしたが、女性の一人は、気分が悪くなったといって、ホテルに残ることになった。ところが、皆さんが、ホテルに戻ってみると、結局三人を追いかけることにした彼女は、そこに帰っていなかった。皆さんは、彼女が、どこかに失踪《しっそう》してしまったと考えて、地元の警察に、捜索願を出しましたね。翌朝になって、犬吠の近くの海岸で、彼女が水死体で、発見された。彼女の名前は、園田恵子さんといって、同じS大の四年生で、小池さんと、親しかった女性でした。もちろん、竹下さんは、彼女のことも、事件のこともよく覚えていらっしゃいますよね？　それもただ、亡くなったのではなくて、あの時、殺人の疑いも、かかったんですからね。千葉県警は、残りの三人の誰かが、彼女を溺死《できし》に見せかけて、殺したのではないかという疑いを持って調べたが、証拠もなく、結局、継続捜査ということになった。そのことも覚えていますよね？」

「結局事故死のようなものだったし、何しろ、十六年も前の話ですからね。その後もいろいろなことが、ありましたから。思い出したくなかったんですよ」

「そうですか。しかし、彼女の恋人だった小池さんは、十六年経《た》った今でも、事件のことを忘れていなかった。そこで、あなたには何の相談もせず、銚子電鉄の駅名を買うことにして、終点の外川駅の権利を購入したのではないですか。そこに事務所まで作り、地元の女性を、事務員として雇っています。その女性に対しては、自分は、もともと東京の人間だから、まもなく東京に帰って自分の好きな仕事をするつもりだと話しています。どうも、小池さんは、十六年前の事件を、もう一度、自分なりに解明したい。犯人が分からず、事故死も同然になったが、信じていなかったのかもしれませんね。それで、外川駅の駅名を買い、そこに事務所を作ったのではないかと、私は、思っているんですよ」

「そうですか。小池が、そんなに、園田恵子が、好きだったとは思いませんでした。それなら、どうして、そのことを、十六年前に話してくれなかったんでしょうかね？　話してくれていれば、何とか、僕も、小池に力を貸してあげられたんじゃないかと残念です。それなのに、何も話さずに黙《だま》っていて、その挙句《あげく》に、突然、亡くなってしまうんだから、とても、残念だし、悲しいですよ」

と、竹下が、いった。

「十六年前の旅行ですが、S大の四年生が、男二人に女二人で、犬吠埼に旅行に行ったわけですよね？小池さんは、亡くなった園田恵子さんのことが好きだったで、あなたは、もう一人の山口由美さんが好きだったんじゃありませんか？」

と、十津川が、きいた。

「いや、僕は別に、山口由美が好きだったわけじゃありませんよ」

「それなら、どうして、四人だったんですか？」

「男二人に女一人じゃまずいなと思って、山口由美を誘《さそ》ったんですよ。その後、山口由美がどうなったのか、まったく、知りません。おそらく、S大を卒業した後、どこかの会社に、就職して、結婚して、子供も二、三人はいるんじゃありませんか。何しろ、あれからもう十六年ですから」

「われわれが、調べたところでは、あなたがいうとおり、山口由美さんは、S大を卒業後、建設会社に少し勤めて、その後、横浜《よこはま》のカフェで働いています。しかし、二十九歳で自殺のようにして、死んでいるんです。その原因は、今に至るも不明です。カフェのご主人も、思い当たるふしはないと、そう証言しています」

「そうなんですか。まったく、知りませんでしたね。大学を卒業した後は、顔を合わせるような機会が一度も、ありませんでしたし、電話をかけることも、まったくありませんでしたから。彼女、自殺をしたんですか」

「山口由美さんが、建設会社を辞《や》めてから、しばらくして、自殺に近い形で死んだことを、ご存じなかったんですか？」

「ええ、まったく、知りませんでした。卒業後の付き合いはありませんでしたし、同窓会に、彼女は、一度も、顔を出しませんでしたからね」

たしかに、竹下のいう通り、卒業後、何回か、S大の同窓会が、開かれたが、その時、山口由美は、一回も、顔を出していなかった。

2

十津川には、目の前にいる竹下治夫が、十六年前の事件を、話題にすることを嫌がっているように見える。そう思うと逆に、十津川は、その事件にこだわる気持ちが強くなった。

「この事件を調べたのは、千葉県警です。その時の担当者が、まだ、県警に在籍していたので、いろいろと、電話で、話を聞いてきました。最初、県警は、園田恵子さんと仲の良かった小池鉄道さんを疑っていたようですね。一緒に旅行したあなたと、山口由美さんの証言もあって、小池さんと、園田恵子さんが恋人の関係にあったということが、分かったからです。山口由美さんの証言も、千葉県警に、残っていました。小池さんと園田恵子さんについては、二人は、恋人同士だったが、最近になって、園田恵子さんが、小池さんと、うまく行かなくなっている。だから、卒業したらすぐに別れるつもりだ。でも、小池さんは、時々、怖《こわ》いことをいうので、うまく、別れないと、ストーカーみたいなことをされそうだといって、園田恵子さんは、小池さんを怖がっていたと、山口由美さんは、証言しているんです。その時、あなたも、同じような証言をしていますが、覚えていますか？」

「いや、何といったのか、すっかり忘れています」

「あなたは、こう証言しているんです。自分も、園田恵子から、何度か相談をされたことがある。彼女は、今まで、小池君と付き合ってきたが、時々、彼のことが分からなくなる。それで、何とか、別れたいと思っているので、友人の竹下君からも、小池君に、卒業したら、在学中のことは忘れて、社会人として一日も早く自立できるように、努力しようと、いってくれませんかと、いわれたことがある。それで、小池に、意見しようと思っていたが、その前に、園田恵子が、死んでしまった。ひょっとすると、小池がやったのではないかと、一瞬、思ったこともあるが、彼には、そんな度胸はないと思う。これが十六年前の、あなたの証言ですよ」

十津川は、用意してきたメモを、竹下に読んで、聞かせた。竹下は、笑って、

「そうですか、僕は、そんな証言をしているんですか？　すっかり忘れていましたね。けっこう、小池のことを心配している証言で、ホッとしました。彼が犯人だみたいなことを、証言していなくてよかっ

たですよ」

十津川は、黙って、竹下の顔を見ていた。

たしかに、十六年前の、竹下の千葉県警での証言は、小池が怪しいといった証言ではない。

しかし、もって廻ったところのある、自分が傷つかない、ずるい証言ではないのかという気がしていたのである。

「十六年前、犬吠に旅行した皆さん方四人は、その後、すぐS大を卒業した。しばらくして、あなたは小池さんに対して、京都で一緒に、広告会社を立ち上げないか、自分の父親は、京都では、かなりの有力者なので、うまく行くだろうと、小池さんを、誘っていますね？」

「たしかに誘いました。小池が、その、恋人の園田恵子が、死んだことで、ガックリしていたんで、励《はげ》まそうと京都行きを勧《すす》めたんですよ。東京にいたら、彼女のことを、いつまでも、忘れられないのではないかと心配したんです」

「しかし、小池さんは、すぐには、あなたの誘いに、応じなかった」

「ええ、そうなんです。やはり、彼にとって京都は、初めての土地だから、気後《きおく》れしたんでしょうね。最初は、断わってきましたよ。その後、彼の気持ちが変わって、京都で一緒に、仕事を始めて、何とか、成功しています。京都で仕事を始めてから、彼の気持ちも落ち着いてきたように見えましたね。そのうちに、京都で新しい恋人を見つけて、定住してくれるんじゃないかと、期待していたんですけどね。今、刑事さんの話で、小池がウチの会社を辞《や》めて、千葉の銚子で、新しい仕事をやろうとしていたことを知り、ショックでした。それも、東京でなく千葉の銚子で、仕事をやるつもりだったというのは、驚きでした。恋人の園田恵子が死んだところというのは、普通なら行きたくないでしょうし、彼女の話も忘れたいと思うのが普通でしょうからね。京都では、小池と一緒にいる時は、なるべく十六年前の思い出とか、犬吠の話は、しないように気をつけていたんですが、彼の気持ちは、違っていたんですかね。どうして、十六年前のことなんか忘れて、京都の仕事に、全力を傾けてくれなかったんですかね？　僕には、それが、分かりません。こちらで一生懸命、仕事をしてくれていれば、殺されずに済んだんじゃありませんかね？」

と、竹下が、いう。

「どうして、そう思うんですか？」

「当たり前でしょう。小池は、うちの会社の関係で今回、東京に行っていたんですよ。そして、うちのお得意さん五人と会って、それはうまく行っていたんです。そのまま、京都に帰ってきてくれれば、何でもなかったんです。それなのに、小池は、個人的な用件で六人目の人間に会っているんです。この人物は、明らかに彼の趣味の相手だと思いますね。鉄道マニアか、犬吠関係の人間です。その人間に小池は殺されてしまったんです。ですから、うちの仕事のことだけを考えていてくれたら、死ななくて済んだと思うのは、当たり前じゃありませんか？」

竹下は、怒ったような口調で、いった。

「竹下さんは、十六年前の小池さんと園田恵子さんは恋人関係だったが、犬吠に旅行した時には、二人の間は冷めていたといわれましたね。特に、園田恵子さんのほうが、小池さんを敬遠するような状況になっていたと、いわれましたよね？」

「ええ」

「それなら十六年前、どうして四人で、旅行なんかしたんですかね。敬遠している相手だったら、誘われたとしても、断わるんじゃありませんか？　その点が、何とも理解できないんですが」

と、若い西本が、いった。

「たしかに、そういう考えもあるかとは思いますが、僕は、逆じゃないかと、考えていましたよ」

「それはどういうことですか？」

「園田恵子は、間違いなく、小池と距離を置きたがっていましたね。ただ、それを彼にうまく伝えるチャンスがなくて困っていた。いざとなるとなかなかうまくいえないのだといっていたんです。一緒に旅行に行けば、小池と二人だけになる時間も、多くなるだろうから、その時に、うまく自分の気持ちを小池に伝えたい。そう思って、園田恵子は、旅行に参加することにしたんだと思いますね。別に、おかしいことはないと思いますが」

「なるほど。そういう考え方もありますね。小池さんのほうは、どうだったんでしょうかね？　恋人の園田恵子さんが、冷たくなっている。自分との関係を解消したがっている。彼女の、そういう気持ちを、分かっていて、旅行に参加したんでしょうか？」

「いや、小池のほうは、全然分かっていなかったと、思いますよ。園田恵子が、そんなふうに考えていることは、何も知らなかったんですよ。だから、旅行に行くことを喜んでいましたよ」

と、竹下が、いった。

十津川は、竹下だけに、話を聞いていたのでは、殺された小池鉄道の正確なイメージが浮かんでこないだろう。そう考え、会社を、最近辞《や》めた男がいることを知って、彼に会うことにした。

その男は、二階堂《にかいどう》という、京都生まれ、京都育ちの男だった。

十津川が、この男に、会ってみる気になったのは、彼が会社の上層部と意見が合わなくて何かにつけて、対立し、それで、会社を辞めることになったと、聞いたからである。そういう男なら竹下や小池について、遠慮のない話を聞けるだろうと思ったからである。

十津川と西本は、京都駅近くの喫茶店で、二階堂に会った。

約束の時間より、五分ほど遅れて喫茶店に入ってきた二階堂は、三十代半《なか》ばの、大柄な男だった。

コーヒーを注文してから、十津川が、最初に二階堂にきいたのは、死んだ小池鉄道のことだった。

「副社長の小池鉄道さんが、殺されたことは、二階堂さんにとってもショックでしたか？」

と、きいた。

「もちろん、小池さんが殺されたことは、ショックでした。小池さんは、近く、会社を辞めるだろうと思っていたので、どういう形で、小池さんは東京に帰るのだろうとは思っていましたが、それが、殺されたというので、余計にです」

と、二階堂が、いう。

「会社を辞めるという話を、小池さんは、あなたに、したことがあるんですか？」

「二、三回ですが、一緒に食事をした時に、そんな話を聞きましたね。自分は、もともと東京の人間だから、今の会社を辞めて、そのうち東京に帰りたいと思っている。小池さんは、私に、そんなふうにいっていました」

「しかし、社長の竹下さんに確認したら、そういう話は、自分は、まったく、聞いていなかった。小池さんが会社を辞めるとは、思っていなかったからビックリしたと、いっていますが」

十津川が、いうと、二階堂は、笑って、

「いや、それは、絶対にウソでしょうね。竹下さんは、刑事さんに、ウソをついていますよ。小池さんは、私に、社長にも会社を辞めたいと伝えていて、社長も了承していると、いっていましたよ。竹下さんという人は、やり手ですが、時に、平気でウソをつくことがあって信用できないところがありましてね。仕事自体に不満はなかったんですが、あの社長の下では働けないなと思って、会社を辞めることにしたんです」

「小池さんに対しては、不満はなかったんですか？」

「いや。副社長に対してまで、逃げ出したがっていては困りますからね。個人的には、好きでしたよ」

「小池さんは、こちらでは一人で、マンション暮らしをしていましたね？　そのマンションに、二階堂さんは、行ったことがありますか？」

「だいぶ前に、一度だけですが、ありますよ。小池さんに、マンションに遊びに来ないかといわれた時にはビックリしました」

「どうして、ビックリしたんですか？」

「小池さんは、なぜか自宅マンションには、誰も連れていかないといわれていたんです。社長の竹下さんとは大学時代からの友人ということだったのに、竹下社長も、自宅マンションには、一度も、いったことはないと、いっていました。そんな小池さんが、私に向かって、遊びに来ないかといったので、ビックリしたんです」

と、二階堂が、いう。

「小池さんは、どうして、竹下さんを自宅に連れていかなかったのでしょう？　大学時代からの友人だったら、連れていっても、いいんじゃありませんか？」

「竹下さんに、自分の気持ちを、知られるのがイヤだったんじゃありませんか？」

「どうして、そう思うんですか？」

「私は、一回だけ食事の帰りに、小池さんのマンションに呼ばれたんですが、１ＬＤＫの部屋には、京都の匂いや色彩といったものが何もなくて、鉄道模型のジオラマがあるほかは、東京というか、正確には千葉の犬吠の海の匂いと色彩にあふれていましたよ」

「どんなふうにですか？」

西本が、きいた。

「とにかく、海の写真が壁を埋めていましたね。小池さんは、全て千葉の犬吠の写真だといっていました」

「京都の写真は、一枚もなかったんですか？」

「私は、生まれも育ちも京都の人間ですから、京都のたいていのところは、知っていますが、京都の写真は一枚も、ありませんでしたね。全て千葉県の犬吠の海の写真だったんです。その中には、二十代の小池さんと、同じ年代の若い女性が並んで写っている写真もありました。それで、この人、小池さんの彼女ですかときいたら、そうだと肯《うなず》いていたので、それなら、どうして、一緒にならなかったんですかときいたんですよ」

「そうしたら？」

「もちろん結婚したかったが、いろいろとあって、できなかったんだと、いっていました。それ以上、その女性のことは話題にできない雰囲気だったので、きくのを止めました」

「そうですか。申し訳ありませんが、これから一緒に、小池さんが住んでいたマンションに、行ってくれませんか？」

と、十津川が、いった。

「ええ、いいですよ」

二階堂が、あっさり応じてくれた。

小池が住んでいたマンションは、会社からほど近い、京都の中心にあった。真新しいマンションで、常駐の管理人がいて、その管理人を通さないと、客は、中に入っていけないようになっていた。

案《あん》の定《じょう》、小池鉄道の部屋を、見に来たというと、十津川たちも、入り口で、管理人に止められた。

「亡くなった小池さんには、自分に黙って、誰も部屋に入れるなと、固くいわれておりましたので――」

と、管理人が、いう。

十津川は、警察手帳を示してから、

「捜査のために必要なので、入らせてもらいたいのです。おききしたいのですが、小池さんが亡くなってから、京都府警以外に、部屋を見たいといってきた人は、いましたか？」

「先ほど、勤め先の会社の社長さんだという人が見えました」

「何という人ですか？　名前を聞きましたか？」

「ええ、聞きました。名刺をもらいましたから。ちょっと、待っていてください。名刺を持ってきますから」

管理人は、一度管理人室の奥に消え、戻って来て、

「ありました。これです」

と、いって、名刺を十津川に、差し出した。

間違いなく、名刺には竹下治夫の名前があった。

「それで、この竹下さんという人を部屋に入れたん

ですか？」

「最初は、お断わりしたのですが、仕事上の大切なものを、小池さんに預けてある。どうしても、それが、必要なので、何としてでも、入れてくれといわれたので、やむなくお入れしました」

と、管理人が、いった。

「それで？」

「たしかに、社長さんだったので、部屋にお入れしましたが、すぐに、探し物は見つからなかったといって、お帰りになりました」

「竹下さんは、部屋には、どのくらいの時間いたんですか？」

「せいぜい五、六分といったところです。そんな短い時間で、探し物ができたのかと、ちょっと不思議《ふしぎ》な感じがしましたが、何か大きなものを、持ち出した感じはありませんでした」

と、管理人はいった。

その後、十津川たちは、小池が借りていた八階の、部屋に入った。

1LDKだが広々としている部屋である。

たしかに、壁に写真パネルが数枚、飾《かざ》ってあったが、全て犬吠と思われる海の写真だった。

その中の一枚は、海をバックにして撮った、若い頃の小池が若い女性と一緒に写っている写真だった。たぶん、彼女は同じS大の同級生だった園田恵子だろう。

十津川は、一緒に来てくれた二階堂に、向かって、

「この部屋で、何か気になることはありますか？二階堂さんが、以前ここに来た時には、あったもので、今日は、なくなっているというものはありませんか？」

と、きいた。

「私もそれが気になって、いるんですが、部屋の中を見る限りでは、なくなっているものは、何もないようですね。小さいものまでは、分かりませんが、少なくとも写真は全て、以前、私が見た時と同じです」

「小池さんは、犬吠の海が、よっぽど好きだったんですね」

西本が、十津川にいう。

「それは、たぶん、大学時代に、彼女と一緒に、犬吠の海に行った思い出のせいだろう。その時の思い出が忘れられないんだ」

十津川は、もう一度、壁を埋めている合計六枚の写真を見直した。

全て、同じ犬吠の海を写したものと思っていたが、よく見ると、違っていることに、気がついた。

彼女と写っている海。その海と全く同じ海を撮った写真があるのだが、その二枚が、他の四枚と微妙に違うのだ。

他の四枚は、海だけ写っていて、砂浜は入っていない。

しかし、その二枚は違う。二人が写っている古い写真は、砂浜も入っている。同じアングルで撮った写真にも、砂浜が写っていた。

それに、じっと見ていると、他の四枚とは、海の色も、微妙に違うように見えてきた。

「こちらの二枚の写真ですが、何か、前に見た時と変わったところはありませんか？」

と、十津川は、二階堂に、きいた。

「別に、変わった点は、ないと思いますね。古い思い出の写真と、全く同じ場所で撮った写真ですよね」

と、二階堂は、自分に、いい聞かせるようにいう。

「小池さんは、全部、犬吠の写真だといったんですか？」

「いわれたと思いますが――」

「正確なことが、知りたいんです。小池さんは、六枚全部、犬吠の海の写真だといったんですか？」

十津川が、しつこくきくと、二階堂は、「うーん」と、うなってから、

「確か、あの時は、私が、どこの海ですか？　ときいたら、小池さんは、犬吠の海だよと答えたんです」

「六枚全部が、犬吠の海だといったわけじゃないんですね？」

「そういえば、そうですが、私は、全てが、犬吠の海だと思いましたよ」

「それでは、こちらの二枚の写真ですが、砂浜も入っています」

「ええ」

「あなたが前に見た時と、違うところはありませんか？」

「違うところといっても、同じ写真なら、同じですよ」

と、二階堂は、少しばかり、面倒臭そうな顔付きをした。

園田恵子と一緒に撮った古い写真を、京都に来ても、自宅マンションの壁に飾っておいたのは、十六年前に亡くなった、彼女のことが、今でも、忘れられなかったからではないだろうか？　犬吠の海と、園田恵子が一緒になって、十六年後の、小池の記憶に残っているに違いなかった。

それなのに、どうして、小池は、大学以来の友人

竹下治夫と一緒に京都に来て、「京都広告」という広告会社を、始めたのだろうか？　ただ単に、生活のためだったのか？

「京都に来て、竹下さんと、仕事を始めた理由を、小池さんが、あなたに話したことはありませんか？」

と、十津川がきく。

二階堂は、壁にかかった、写真を見ながら、

「私も、それが不思議だったので、きいてみたことがありますよ」

と、いった。

「小池さんは、何と、答えたんですか？」

「必要だったから。それが、小池さんの答えでした」

「必要だった？　いったい何が、必要だったんでしょうか？」

と、西本が、きく。

「私も興味があったので、いろいろときいてみたんですが、それ以上の言葉は、聞けませんでした。それで、私なりに勝手に想像はしてみました」

「どんな想像か、ぜひ聞かせてください」

と、十津川が、促《うなが》した。

「おそらく、小池さんは、何か、新しい仕事がしたくて、大学時代の同級生の竹下さんと京都に来て、広告会社を立ち上げることに、したんだと思います。あくまでも私の勝手な想像ですから、間違っているかもしれません」

と、二階堂が、遠慮がちに、いった。

十津川は、二階堂の言葉に対して、返事をしなかったが、

（違うだろうな）

と、頭の中で、返事をしていた。

S大を卒業した小池鉄道は、成績優秀だったというから、東京の大企業に勤めようと思えば、できたはずである。それなのに、わざわざ、京都まで行き、成功するかどうか分からない広告会社を、立ち上げたのは、別の理由が、あったからではないのか。

おそらく、必要という言葉の中には、十六年前、旅行先の海で死んだ恋人、園田恵子のことや、犬吠の海のことなども入っていたのだろう。

「まるで、この部屋は、京都ではなくて、犬吠の海みたいですね」

西本が、若者らしい感想をいった。

3

翌日、十津川は、もう一度、広告会社に、竹下を、訪《たず》ねていった。

十津川は、竹下に会うと、改めて、

「小池さんが東京で、殺されたことについて、本当に竹下さんに、何か心当たりはありませんか？」

と、きいてみた。

「いや、まったくありませんね。繰り返しになりますが、東京に行って、うちの会社の、お得意さん五人と、会って仕事を済ませた後、彼の個人的な用件で、六人目の人間と会っているので、そうなると、私には、どうして彼が、殺されたのか、その理由も、まったく想像できないんですよ。残念で仕方がありませんが」

「そうですか。私は、これから、東京に帰りますが、もし、何か思い出したことがあったら、何時でも結構ですから、すぐ、東京の私に、連絡してください。お願いします」

十津川は、竹下に、自分の、携帯の番号を教えてから、最後に、

「昨日、小池さんが、借りていたマンションの部屋に、行かれたそうですね。管理人が、そういっていましたが」

「ええ、行きましたよ」

「何のために？」

「仕事に関係したもので、小池に預けておいたものがあって、それが必要になりましたので、取りに行ったのです」

「そうですか。それで、その必要なものというのは、見つかったんですか？」

「一生懸命探したのですが、残念ながら、見つかりませんでした」

「仕事に必要なものが見つからないのでは、困ったことに、なっているんじゃありませんか？」

「いや、大丈夫です。ないならないで、何とかなりますから」

と、竹下が、いった。

「それは、どんなものですか？」

と、西本が、きいた。

「戦前の、京都の写真集ですよ」

「写真集？」

「そうです。小池は、今の京都は好きになれないが、昔の古き京都が好きなんだといって、その写真集を、持っていったんですよ」

と、竹下が、いった。

十津川は、

（ウソだな）

と、思った。

十津川が、そう思ったのは、小池のマンションの部屋には、写真があるばかりで、本らしいものは、

一冊も、なかったからである。第一、本棚もなかった。

古い京都の写真や、絵もなかった。小池の自宅マンションの壁に、飾ってあったのは、すべて海の写真だった。

そんな男が、古き良き京都の写真集を、借りていったとは、十津川には、とても、思えなかったのだ。

しかし、十津川は、何もいわずに、竹下に向かって、

「もし、その写真集が見つかったら、私にも、見せてください」

と、笑顔で、いった。

翌日、十津川たちは、帰京することにした。

新幹線に乗って、名古屋《なごや》を出た時、十津川の携帯が鳴った。

デッキに出て、耳に当てると、

「私です。二階堂です」

と、男の声がいった。

「ああ、いろいろと、お世話になりました」

「実は、十津川さんにいわれたことを、ずっと考えていたんです。例の写真ですが、おかしなところが分かりましたよ。小池さんのマンションにあった海の写真のことです」

「何か分かりましたか？」

「二枚の写真のほうなんです。古い写真と、同じ場所で撮った写真のほうです。私が、前に見た時と、違っているんです」

「違っている？　どう違うんですか？」

「前に見た写真と、少し違うんです。それで、もう一度、見たいんですが――」

「今、私は、新幹線の中で、すぐ京都には戻れませんから、私があのマンションの管理人に、電話しておきますよ。あなたが行ったら、部屋に通すようにと。それで——もしもし」

十津川は、あわてて、呼びかけた。

電話の向こうにいる二階堂の気配が、消えてしまったのだ。

あわてて、何回も呼びかけたが、反応がない。

十津川は、座席に戻ると、西本に、

「京都に戻るぞ!」

と、いった。

「しかし、次の新横浜《しんよこはま》まで停まりませんよ」

「あと、何分かかる?」

「一時間です」

「くそっ」

と、叫び、十津川は、京都府警の三浦警部に電話した。

相手が出ると、二階堂のマンションの場所と名前を告げた。

「そこの五一二号室に、二階堂という男が住んでいます。すぐ、この男を確保してください」

「その男に、何か問題が?」

「危険な状況に置かれています。殺される可能性もあります」

「分かりました。すぐ行ってみます」

「見つかったら、身柄確保をお願いします」

だが、いらだちは、消えなかった。

二階堂が見つからないと、彼が、何を見つけたのかも分からない。

やっと、新横浜に停車した。

飛びおりて、今度は、下りの「のぞみ」に、乗り込む。それでも、京都に着くまで、あと二時間かかるのだ。

途中で、三浦警部から、電話が入る。

「二階堂という男は、現在、行方不明です」

と、三浦が、いう。

「自宅マンションにも、いなかったんですか？」

「二階堂は、奥さんと別れて、現在、マンションに、ひとり暮らしですが、そのマンションにはおりません」

と、三浦が、いう。

そうすると、十津川に電話してきたのは、自宅からではなく、出先からだったと考えられる。突然、彼の声が消えたのは、あの瞬間、誰かに襲われたと考えざるを得なくなった。

十津川は、三浦に、小池のマンションのことを伝えた。

「そこの小池鉄道の部屋に、六枚の海の写真が、壁に飾られています。それを、全部、押さえてほしいのです」

「大事な写真ですか？」

「殺人事件の証拠になるかもしれない写真です」

「分かりました。すぐ、そのマンションに行ってみますが、どんな写真ですか？」

「海と愛の写真です」

と、十津川は、いった。

新幹線「のぞみ」は、やっと名古屋に着いた。あと一時間。

京都に着くまでに、三浦警部から、電話が入る。

「火事です！」

と、三浦が、いきなり叫んだ。

「火事って、何のことです」

「燃えているんですよ。小池のマンションの部屋が、今、音を立てて燃えているんです。消防が、必死で消火に当たっていますが、簡単には、消えそうもありません」

「放火ですか？」

「分かりません。が、管理人の話では、部屋に、火元になるようなものは、一つもないはずだと、いっています」

「じゃあ、誰かが、部屋に入って、火をつけたんですよ」

「しかし、管理人の話では、今日は、誰も来なかったと、いってますよ」

「じゃあ、どうやって、誰が火をつけたんですか？」

「分かりません。鎮火《ちんか》したら、消防と、調べて、また電話しますよ」

と、三浦が、いう。

（放火なら、その目的は、あの写真を燃やしてしまうことだろう）

と、十津川は、思った。

しかし、あのマンションは、警備が万全で、管理人は、めったに、他人を部屋に入らせない。小池が死んでから、あの部屋に入ったのは、京都府警のほかには、竹下と、十津川と、西本、それに二階堂の四人である。この中で、怪しいのは、竹下だが、管理人の話では、彼が、部屋にいたのは、せいぜい五、六分だという。そんな短時間に、発火の時限装置を取りつけられるとは思えない。

第一、竹下のあと、十津川たち三人が部屋に入り、１ＬＤＫの部屋を調べたのだが、時限発火装置などは、見つかっていない。

やっと、京都に着き、タクシーで、小池のマンションに急ぐ。

現場に着く。

強烈な物の焼ける臭い。消防車は、すでに引き揚《あ》げていたが、問題の部屋は、黒く焼けただれていた。

タクシーが停まり、十津川たちが、降りると、京都府警の三浦警部が近寄って来て、

「間もなく、焼け跡を見に行きます。何もかも、焼けてしまっていると思いますが」

と、告げた。

二〇分後、消防と警察が、焼け跡を調査するというので、十津川も参加した。

エレベーターが動かないので、階段を使う。

あの部屋のドアは、炎のために、ひん曲がり、鉄道模型のジオラマのある、黒焦《こ》げの部屋の中は、放水で水びたしになっていた。

壁も崩れ、六枚の写真パネルは、燃えて灰になっていた。

「放火のようですね」

と、消防隊員がいった。

「しかし、管理人の話では、今日は誰もこの部屋には入っていないそうですよ」

と、地元の警察の刑事がいう。

「だが、自然発火ではありませんね。誰かが火をつけたんですよ」

「しかし、どうやって?」

三浦が、きく。

「それが、まだ分かりません」

「二階堂という男のことですが」

と、三浦警部が、小声で、十津川にいった。

「残念ながら、まだ、見つかっていません。京都市内を全力で、捜させているんですが」

第四章　風景写真の謎

1

十津川は、東京に戻る新幹線の中にいる時、電話してきた二階堂の声を、まだはっきりと覚えていた。

弾《はず》んだ声だった。

その時、二階堂は、十津川に、こういったのだ。

「例の写真ですが、おかしなところが分かりましたよ」

二階堂は、そのことを、一刻も早く、十津川に知らせたくて、わざわざ電話をかけてきたらしい。

ただ、二階堂は、前に見た時と、少し違うといっただけで、あの写真のどこが、どんなふうに、おかしいのかということについては、何も、いわなかった。

おそらく、二階堂としては、十津川に会って、実際に写真を見せながら、ここがおかしいと、具体的に指摘するつもりだったのだろう。

しかし、このマンションに、放火をした犯人は、問題の写真を焼失させ、その上、二階堂をどこかに連れ去ってしまったのだろうか？　それとも、二階堂自身が姿を消したのだろうか？

さまざまな疑問や想像が交錯《こうさく》する。そんな気持を抱《いだ》きながら十津川は、焼け跡に踏み込んでいった。

天井は、高熱のために焼けただれ、落下してしまっている。もちろん、六枚の写真も燃えてしまい、跡かたもない。

「残念だ」

と、十津川は、声に出していった。

改めて、十津川は写真のこと、二階堂からかかってきた電話のことを、京都府警の三浦警部に伝えた。

「その六枚の写真は、十津川さんも、ご覧になったわけでしょう？」

と、三浦がきく。

「見ましたよ。二階堂さんと一緒に見たんです。その時、二階堂さんは、何も、いいませんでした。ということは、その時には、二階堂さんにも、まだ、写真についておかしなところは見つかっていなかったのだろうと、思うのです。その後、私が新幹線で、東京に帰る途中で、二階堂さんは、何かに気がついたらしく、わざわざ、電話をかけてきてくれたんです。ですから、どうしても、二階堂さんを見つけ出さないと」

「それにしても、問題の写真が、六枚とも全部焼けてしまったというのは、何とも、残念ですね」

「たしかに、残念ですが、二階堂さんに会えれば、どこがおかしかったのかを、教えてくれると思うのです。何とかして、二階堂さんを見つけたいのです」

十津川は、同じ言葉を、繰り返して、いた。

「十津川さんも問題の写真はご覧になったんでしょう？　何か、思い当たることはないんですか？」

三浦が意地悪くきく。

十津川は、苦笑して、

「たしかに、私も小池さんのマンションの壁に掛かっていた六枚の写真を、見ています。残念ながら、私は、何も気がつきませんでした。六枚とも、ごく、普通の海の光景を写した、写真としか思えませんでした」

「もう一度、おききしますが、はじめに六枚の写真を見た時には、十津川さんも二階堂さんも、おかしなところには、まったく、気がつかなかったんですね？」

三浦が、念を押す。

「ええ、そういうことになりますね。ごく普通の風景写真だと思ったんですよ。千葉県の、犬吠の海を写した写真ばかりでしたから」

まだ、部屋の中は熱い。ところどころから、まだ煙が出ていた。

十津川は、消防が、念入りに焼け跡を調べている間、いったん、マンションの外に出た。

三浦警部に声をかけ、近くの喫茶店で、西本刑事も交えて三人で、コーヒーを飲みながら、話を続けることにした。

「十津川さんは、まだ、写真について、何かおかしなところがあったことに、気がつきませんか？」

三浦が、しつこく、きいてくる。

それでも残念ながら、あの六枚は、美しい犬吠の海の写真で、いくら考え直してみても、おかしなところは、なかったような、気がするのだ。

十津川が、改めて、そのことを、三浦に告げると、

「そこには、十六年前に写した、写真もあったわけでしょう？　犬吠の海岸で小池さんが、当時の恋人だった園田恵子さんという同級生の女性と一緒に写した写真が、あったんですよね」

と、三浦が、いう。

「その通りですが、事件の後に同じ場所で、同じ角

度で撮《と》った写真も並べてありました」

「それにしても、小池さんは、どういう意図があって、そんな写真を撮ったんですかね？」

その三浦の言葉で、十津川は、はっと思った。

小池鉄道の恋人だった、園田恵子は、十六年前に、犬吠の海で死んでいるのである。その十六年前と同じ場所で、同じ角度で海岸の写真を撮ったということに、はたして、どれだけの意味が、あったのだろうか？　何か、目的があったのだろうか？

十津川が、考えを巡《めぐ》らせていると、三浦が、首をかしげて、

「小池さんは、その二枚の写真について、彼自身も二階堂さんのように、おかしなところがあるということに、気がついていたんですかね？」

「いや、それは、なかったと、思いますね」

と、十津川が、いった。

「どうしてですか？」

「二階堂さんは、小池さんに信用されていて、小池さんが、誰も入れなかった自宅マンションにも、二階堂さんだけは、招待されていたんです。小池さんにとって、二階堂という人は、唯一《ゆいいつ》、心から気を許せる存在だったと思うんですよ。もし、六枚の写真のどれかの、どこかおかしなところに気がついていれば、小池さんは、そのことを、二階堂さんには話していただろうと思うのです。それがなかったところを見ると、多分、小池さん自身は、気がついていなかったと思いますね」

「しかし、警部、そうなると、少しばかり、不思議《ふしぎ》ですね」

と、西本が、遠慮がちに、いった。

「どこがだ？」

十津川がきく。

「焼けたあのマンションに、小池さんは、ずっと一人で住んでいたわけですよね？　そして、毎日のように、壁に飾《かざ》ってあった六枚の写真を、眺《なが》めていたと思うのです。もし、その写真におかしいところがあったとしたら、どうして、小池さんは、気がつかなかったのでしょうか？　それに、二階堂さんは、小池さんが生存していた頃と今度の二回しか、写真を、見ていないわけでしょう？　それなのに、写真におかしいところがあると気がつきました。私には、その点が、どうにも、合点《がてん》がいかないのです」

と、西本がいう。

「たしかに、そうなんだよ。君がいうように、どう考えてみても、おかしいことはおかしいんだ。それでも、納得のいく答えは、まだ、見つかっていない」

十津川が、いった。

「私も、少しばかり不思議な、気がしています」

と、三浦がいった。

「今、西本刑事がいわれたように、生前、小池さんは、あのマンションに、一人で住んでいて、毎日六枚の写真を見ていたわけでしょう？　その小池さんが、気づかなかったことに、たった二回しか、見ていない二階堂さんが、どうして、気がついたのか、たしかに、不思議といえば不思議ですよね。普通なら考えられないことです」

と、いう。

「今、ちょっとひらめいたのですが、小池さんは口にしなかったが、何かおかしいと気がついていたのかもしれませんね」

三浦がいい、今度は、十津川が驚いた顔で、

「それは、どういう意味ですか？」

「私は、小池さんが、写真のおかしさに気がついて

いたから、そのために、殺されてしまったのではないかと、ふと思ったんです」

　と、三浦が答える。

「つまり、写真のおかしさに気がついたことが、今回の、殺人の動機になったと、三浦さんは、いうわけですか？」

「私は、東京で殺された、小池鉄道さんに会ったことは一度もありませんし、もちろん、小池さんと、話をしたこともありません。しかし、今から十六年前、大学の同級生の男女四人で、犬吠に遊びに行ったとき、彼の恋人だった園田恵子さんが、そこで、突然、死んでしまったわけですよね？」

「その通りですが」

「小池さんは、卒業後、京都に住み、自宅マンションに、犬吠の写真を引き伸ばして、六枚も壁に、飾っていた。おそらく、小池さんは、毎日のように、その写真を見ていて、何かおかしいところに、気がついた。そのことを誰かに話したのかもしれません。それで、小池さんは殺された。私には、そんなふうに、思えて仕方がないのですがね」

　と、三浦が、いった。

　十津川は、内心、

（それは、あり得ないだろう）

　と、思ったが、口には出さず、

「たしかに、三浦警部のいわれたことに私も賛成します」

　小池鉄道は、大学時代の友人である、竹下治夫と一緒に、卒業後、京都で、広告会社を立ち上げ、一応の成功を収めてはいたが、自分は、あくまでも東京の人間であり、京都には、どうも向いていないので、そろそろ、東京に帰って、別の仕事に就《つ》きたいと考えている。小池鉄道は、自分に、よくそういっていたと、二階堂は、いっていたのだ。

しかし、六枚の写真について、小池自身がおかしいといったことは、一度もないし、写真に関して、その二階堂が、この部屋に飾ってあるのは、どういう写真なのかときくと、すべて犬吠の海の写真だ。自分は、この犬吠の海が好きなのだと、いっていたという。自分が撮った写真だし、不快な写真をパネルにして飾るはずもないのだ。

だとすれば、小池が、写真のおかしなところに、気がついて、何か、急に、行動を起こしたということは、まず、考えられないのである。

「十津川さんに、お願いしたいことがあるのですが」

と、三浦警部が、いった。

「何でしょうか?」

「私は、東京には、何度も行ったことがありますが、千葉の犬吠には、今まで、一度も行ったことがなくて、犬吠の海を見たことがありません。ですから、問題の六枚の写真に、どんな海が写っていたのか、まったく、分からないのです。それで、どんな写真だったのか、教えていただけませんか? できれば、具体的に、絵に描いてもらえませんか。そうすれば、イメージがつかめるので大変、助かります」

と、三浦警部が、いった。

「そうですね、さっそく、やってみましょう」

と、十津川が、応じた。

西本刑事が、すぐにカフェを出ていき、スケッチブックと6Bの鉛筆を、買ってきた。

十津川は、西本刑事と話し合って思い出しながら、六枚の写真を絵にして描いていった。

十津川も西本も、六枚の写真の細かなところまで覚えてはいなかったし、絵が、上手《うま》いわけでもないので、描けるのは、簡単な略図でしかない。

それでも、六枚の写真の雰囲気だけは、何とか伝わってくるものが出来あがった。

それを、三浦警部に見せながら、十津川が、補足をする形で、説明を加えていった。

「これは、十六年前に、小池さんが、恋人の園田恵子さんと一緒にセルフタイマーで撮った写真ですが、この写真には、砂浜も写っていました。海と砂浜だけを、まったく同じ場所を同じ角度で撮った、もう一枚の写真もありました。こちらにも、砂浜が写っていましたね。あとの四枚は、ひたすら、犬吠の海ばかりを撮っていて、砂浜は、写っていませんでした。私が覚えているのは、そのくらいです」

三浦は、スケッチブックに描かれた絵を、真剣な表情で見ながら、

「二階堂さんは、この六枚の写真の、どれがおかしいと、十津川さんに、いったんですか？」

と、きく。

「十六年前に撮った写真と、同じ場所を同じ角度、方向から撮った写真の二枚がおかしいと、いっていたように思いますね」

「その二枚の写真の、いったい、どこが、どういうふうにおかしいのか、二階堂さんは、具体的に、十津川さんに、話してはいなかったんですか？」

「電話では、そこまでは、いっていませんでしたが、たぶん、あとで、この二枚の写真を見せて、ここが違うと、具体的に説明したかったのだと思うのです。今になって考えると、電話があった時、どこが、どうおかしいのかを、細かくきいておけばよかったと思います。写真が、焼けてしまうことなど、想像していませんから」

と、十津川が、いった。

三浦は、スケッチブックに描かれた二枚の絵を、テーブルの上に並べながら、十津川に向かって、

「この写真は、まったく同じ場所を、同じ角度から、撮ったものだと、十津川さんは、いわれましたよね？」

「そうです。二階堂さんにいわせると、小池さんにきいたら、そうだと、うなずいていたそうですから。私も、この二枚の写真を見ていますが、まったく同じ景色でしたよ。もちろん、二枚のうちの片方には、人物は、写っていませんでしたが、バックの景色は、全く同じでした」

「同じ場所で撮ったという写真ですが、そこに、人物が、写っていたんじゃありませんかね？　例《たと》えば、その人物が、殺された、小池さんの知り合いだったみたいなことはなかったですか？」

三浦が、細かくきく。

十津川は、思わず笑って、

「それはないですね。もし、そちらの写真に人物が、写っていたら、一度見ただけでも、しっかりと、覚えていますからね。人物も動物も写っていない海岸の写真でした。だから、二階堂さんが、どうしておかしいと、思ったのか、いくら考えても、その理由が分からないので、不思議で仕方がないのですよ。同じ写真を、私も、二階堂さんと一緒に、見ていたからです」

「まったく同じ写真を、十津川さんも、二階堂さんも、見たなら、二階堂さんだけがおかしいと思ったのは、どうしてなんでしょうかね？　彼は特別の眼を持っているんですかね？」

三浦は、十津川たちの描いた絵から、眼を離さずに、ひたすら質問を繰り返す。

「二階堂さんと、話した限りでは、どこにでもいる、ごく普通の、男ですよ。神経の荒いことはありませんが、だからといって、人一倍細かな神経の、持ち主とも思えませんでした。それに、最初一緒に写真を、見た時には、二階堂さんも、おそらく何も思わなかったでしょう。気がついていたら、その時に何かいっていたはずです」

十津川は悔しかった。

二階堂だけが気がついて、捜査のプロである刑事の自分は、どうして何も気がつかなかったのだろうか？　その上、十津川は、東京で、殺された小池鉄道の事件を捜査する現場の刑事である。

十津川は、二階堂よりも心を入れて、小池鉄道のマンションを見て、六枚の写真を見たつもりなのだ。

それなのに、なぜ、自分は気がつかなかったのか？　今も気づいていない。

その写真はすべて焼けて、影も形もなくなってしまったことを考えると、悔しさがよりいっそう、十津川の胸にこみ上げてくる。

「たしかに、残念ながら、六枚の写真の現物は、火事で、焼けて消えてしまい、もうどこにもありません。しかし、どこかにネガが、残っているんじゃありませんか？　それが見つかれば、もう一度現像引き伸ばしをして、見ることができるんじゃありませんか？」

と、三浦警部が、声を、大きくして、いった。

それに対して、十津川は、首を、小さく横に振った。

「それも、おそらく難《むずか》しいでしょうね。写真は、全て、小池さんは、自分のカメラで、撮ったはずですが、使ったのは、古いフィルムカメラではなくて、デジタルカメラだったでしょうから、データはすべて、そのまま、パソコンの中に移していただろうと思うのです。彼の、マンションの部屋が、焼けて、そこにあった何もかもが、なくなってしまいましたから、肝心《かんじん》のパソコンも、焼けてしまったに違いありません」

と、十津川が、いった。

十津川は、一度、東京に帰ることにした。

「われわれは、いったん、東京に引き揚《あ》げますが、二階堂さんの捜索は、引き続き、三浦さんに、お願いしたい。二階堂さんは、京都の人間ですから、今も、京都のどこかにいると、思うのですよ。ですから、捜索は、三浦さんたち京都府警に頼みます」

と、十津川が、いうと、三浦はうなずいて、

「分かりました。二階堂さんが見つかったら、すぐ十津川さんにご連絡します」

と、いい、続けて、

「十津川さんは、東京にお帰りになって、次は、何を調べるつもりですか？」

「十六年前、S大を卒業する直前、小池鉄道さんたちは、同級生四人で、千葉の犬吠の海に行って、五日ほど、遊んでいます。四人のうちの二人、小池さんと、園田恵子さんは、すでに亡くなってしまっていて、もう一人の女性、山口由美さんも、亡くなったと聞いています。ただ、十六年前ではなく、その後なので、東京に帰ったら、彼女の関係者に会って、いろいろと話を聞いてみようと、考えています」

と、十津川が、いった。

2

三浦警部と別れると、十津川と西本は、その日のうちに、東海道新幹線「のぞみ」で、東京に帰ることにした。

二人が東京に着いた時は、すでに、夜になっていた。

その日は休み、翌日早く、十津川と亀井刑事は、小池鉄道たち四人が卒業した、S大の事務局を、訪《たず》ねた。十六年前に卒業した、山口由美のことをきくためである。

本人は、すでに、死んでいたが、彼女の両親は今も健在で、由美の妹も含めた三人で、食堂を経営していることが、分かった。

食堂のある場所は、浅草《あさくさ》の千束《せんぞく》だというので、十津川は、その店を、訪ねていった。

S大の事務局では、食堂と教えられたが、実際に、行ってみると、いかにも今風な、洒落《しゃれ》た造りの、イタリアンレストランだった。

その店の中で、十津川は、山口由美の両親に、会った。

「由美さんは、亡くなったとお聞きしたのですが、この店で、ご両親と一緒に働いていたのですか？」

十津川が、きくと、母親は、

「卒業までは、手伝ってくれましたけど、建築会社に就職して、しばらくして、そこもやめて、横浜に行ってしまいました。その後は、手伝ってくれてはいません」

「由美さんは、横浜で、何をしていたんですか？」

「そのうち、年上の男と一緒になって、小さなカフェをやっていたのは、知っていましたが、それ以外のことは、今でも、よく分からないんですよ。実は、その頃、いろいろと問題があって、親子でモメたりしていたものですから」

「由美さんは、そこで、亡くなったんでしょうか？」

「ええ、私たちとケンカをして出ていったものですから、私も主人も、由美は、てっきり、その男と結婚しているものだと、思っていたんです。ところが、由美が亡くなってから分かったんですけど、ちゃんと籍を入れた正式な結婚ではなくて、ただの、同棲《どうせい》だったんですよ」

母親が、眉を寄せた。

「その店は、今も横浜にあるんですか？」

「ええ、ありますよ」

「何という名前か、ご存じですか？」

「たしか『フランソワ』といっていたと思いますけど。何でもシャンソンを、聞かせるカフェだそうです」

「その『フランソワ』というカフェをやっている男性とは、今でもお付き合いがあるんでしょうか？」

亀井が、きくと、今度は、父親のほうが、怖《こわ》い顔になって、

「由美が生きていたとしても、あんな男と付き合うなんて、まっぴらですよ。そもそも、ウチの由美を騙《だま》して同棲して、それで店を、やっていたような男なんですよ。アイツの顔なんて、二度と見たくないと思うのも当然でしょう」

横にいる母親も、父親の言葉に賛同するように、大きくうなずいている。

十津川や亀井には、もちろん、その辺の詳《くわ》しい事情は、よく分からないのだが、山口由美が横浜に行ってから、両親と由美の間では、いろいろと、諍《いさか》い

があったのだろう。

とにかく、十津川と亀井は、浅草から電車に乗って、横浜に向かった。

山口由美の両親が場所を教えてくれた、そのカフェは、すぐに、分かった。商店街の中ほどにある古い店で、その店の主人、小笠原《おがさわら》という男のことも、商店街の誰もが知っていた。

小さな店だが、中に入ってみると、落ち着いた雰囲気で、たしかに、シャンソンが、かかっていた。

店内には客が、三組ほどいたが、小笠原は、店の隅《すみ》で、コーヒーを飲みながら、本を読んでいた。

十津川と亀井は、カウンターに腰を下ろしてコーヒーを注文し、小笠原に警察手帳を見せて、話を聞いた。

「小笠原さんは、山口由美さんのことは、もちろん、ご存じですね？」

「ええ、知っていますよ」

「山口由美さんは、あなたと二人で、この店をやっていた。つまり、共同経営者というわけですか？」

と、十津川が、きいた。

「開店した時から私一人でやっていて、こんな小さな店ですから、それでいいと思っていたのです。ところが、まあ、いってみれば、山口由美さんのほうから、この店に押しかけてきて、それで、いつの間にか一緒にやるようになってしまったんですよ。彼女が共同経営者だったかどうかは、正直なところ、微妙ですね。そうだったともいえますし、そうではなかったともいえますから」

と、小笠原が、いう。

「失礼ですが、あなたと山口由美さんとは、どんな関係だったんですか？　結婚していたわけではないようですね」

と、亀井が、きいた。

「私はS大の卒業生で、彼女は、私の後輩に当たります。それだけの関係で、ほかには何もありません」

とだけ、小笠原は、いった。が、十津川には、彼が、何か隠しているような気がした。

そこで、十津川は手帳を取り出し、小池鉄道、竹下治夫、園田恵子、山口由美の四人の名前を、書いて、それを小笠原に見せながら、

「この四人は、S大の卒業生で、この中の山口由美さんが、この店に来て、あなたの仕事を、手伝っていた。そういうことですね？」

「ええ、そうです」

「山口由美さん以外の三人については、いかがですか？　三人とも、あなたのS大の後輩に、当たるわけですが、彼らに、お会いになったことはありますか？」

十津川がきくと小笠原は、笑って、

「この三人でしたら、よく知っていますよ。在学中に、四人で、この店にも、何回か、遊びに来たことがありますしね」

「それでは、この中の小池さんと園田恵子さんが死んだことは知っていますか？」

「知っています。園田恵子さんは、たしか十六年前に死んだはずで、小池鉄道が亡くなったのは、つい最近のことでしょう？　テレビの、ニュースか、ワイドショーで見ました」

と、小笠原が、いった。

「大学を卒業した後、竹下治夫さんが、小池鉄道さんと一緒に、京都で広告会社を立ち上げて成功していたことも、ご存じでしたか？」

「知っていますよ。竹下治夫からは毎年、年賀状が

来ていて、その年賀状には、会社の近況というか、事業がうまくいっていることが、必ず、自慢げに、一言書き添《そ》えてありましたからね。しかし、正直にいうと、私は、ああいう、年賀状は、好きじゃないんですがね」

と、いって、小笠原は、笑った。

「今、この四人が、一緒に、この店に遊びに来ていたと、小笠原さんは、いわれたが、あなたの目から見て、四人は、仲が、よさそうに見えましたか？」

「ええ、そう見えましたよ。いや、見えるだけではなくて、実際に、仲がよかったんじゃありませんか。だから、大学の卒業間際《まぎわ》に、四人で、千葉の犬吠に、旅行したんだと思いますよ。その旅行の時に、その中の、園田恵子さんが、突然、死んでしまったんですよね？　そのことは、竹下が知らせてくれました。それで葬儀の時には、『フランソワ』の名前で、花を出すことが、できました」

「この四人の中で、生きているのは、竹下さん一人だけに、なってしまいましたが、小笠原さんは、竹下治夫さんを、どう思いますか？」

十津川は、単刀直入《たんとうちょくにゅう》にきいてみた。

「どう思うかって、何を、どう答えればいいんですかね？」

小笠原が、首をかしげた。

「いや、どんなことでも結構ですよ。小笠原さんが、竹下さんに対して、日頃から感じていらっしゃることを、正直に、話してくだされば、いいんです」

十津川が、いい、小笠原は、ちょっと考えていたが、

「そうですね、まあ、大学を出てから広告会社を、立ち上げて、成功を、収めているんだから、立派だ

と思いますよ。やり手の、若手実業家だといっても、いいでしょうね」

と、ほめる。

その言葉と、表情が、一致していないような気がした。

（心にもないことを、いっている）

そんな感じだったのだ。

「山口由美さんですが、ここで働くようになったのは、どういうことからですか？」

と、十津川は、きいた。

「本人が、一人で遊びに来て、ここで、働かせてほしいといったからですよ。それまで、私一人でやっていたんですが、一人ぐらい入れてもいいなと思ったので、働いてもらうことにしたんです」

と、小笠原は、いう。

しかし、さっきから見ているのだが、新しい客は、一人も入って来ない。それに、三組の客は、黙《だま》って、シャンソンを聞いていて、オーナーの小笠原に話しかけたりもしない。

充分に、一人でできる店のようだった。

「正直に、話してくれませんかね」

と、十津川は、強い口調で、いった。

「え？　何ですか？」

小笠原は、とんちんかんな受け答えをした。

十津川は、やっぱり、嘘《うそ》をついていたのだと思いながら、

「山口由美さんを、雇《やと》う気なんかなかったんじゃありませんか？」

「そんなことはありませんよ。現実に、採用して、働いてもらっていたんですから」

「誰かから頼まれたんじゃありませんか？　山口由美さんを預かってくれと」

「誰に、ですか？」

「竹下治夫さんからですよ」

と、十津川がいうと、小笠原は、一時《いっとき》、黙ってしまった。

（やっぱりか）

と、思いながら、十津川は、

「竹下さんに、山口由美さんを、預かってくれと頼まれたんですね？」

決めつけるようにいうと、小笠原は、小さく息を吐いてから、

「分かりますか？」

と、いう。

「山口由美さんは、同期の竹下治夫さんと仲がよかったと聞いていましたからね。それに、彼もこの店によく来たといったじゃありませんか。だから、ひょっとするとと思ったんですよ。彼女が一人で来て、採用したのなら、彼女の働き具合とか、エピソードを喋《しゃべ》ると思うのに、全く喋らないから、何かあって、仕方なく雇ったに違いないと思ったんです。ここに来る前、彼女のご両親に、会ったんですが、もし、ご両親が、あなたに頼んだのなら、あなたのことをほめるはずだが、逆に、悪口をいっていました。としたら、あとは、京都で成功した竹下治夫さんしかいないと思っただけのことです。彼に頼まれて、山口由美さんを、雇ったんですね」

「この店は、私一人でやっているのが、気ままで、いいんです。そんな時に、竹下さんが彼女を連れてやって来ましてね。雇ってくれと、頼まれたんですよ」

「どうして、断わらなかったんですか？」

「最初は、断わりましたよ。京都の会社で雇えばいいだろうともいいました。そうしたら、毎月預かり

料を払うというんです。私は、店の修理などで、金が必要だったので、預かることにしたんです」

「なぜです？　なぜ、竹下さんは、預かり料まで払って、山口由美さんを、あなたに預かってくれと頼んだんですか？」

「最初は、こういってましたよ。彼女は、静かなところが好きなんで、この店がいいんだといってましたね。確かに、うちは、お客は黙ってシャンソンを聞いていますから、静かですが」

「そうじゃなかったんですね？」

「うちに、いるようになって、すぐ、分かりました。彼女は、『心の病気』だったんですよ。理由は、彼女も、竹下さんもいいませんが、何かのショックで、病気になったんだと、思いますね。だから、病気がひどいときは、店には出せませんでしたよ」

「最後まで、その病気は治らなかったんですか？」

「治らないままに、亡くなりました。心の病気になると、顔の表情まで変わりますからね。接客はさせられませんから、お客として扱いました。うちは、こういう空気の店ですから、店の隅で、じっとしていても、不自然に見えませんから、竹下さんは、一番いい場所だと思ったんじゃありませんか？」

「いつ頃、ここにいたんですか？」

「今から、十年ぐらい前でしたね。一度就職するまでは、両親のやっているイタリアンレストランを、手伝ったこともあると聞いています。心の病気は、その頃から始まっていたと思いますが、彼女の両親は、うちで働くようになってから、病気になったと思っているんで、私の悪口をいうんだと思います」

と、小笠原は、いった。

「心の病気の原因については、本人もいわないし、竹下さんも、あなたにいわなかったんですね？」

「そうです。でも、本人も竹下さんも、原因は分かっていたと思います」

「どうして、そう思うんですか？」

と、十津川は、きいた。

「いわなければ、いけませんか？」

「いっていただきたい。私も、だいたいの想像はつきますが」

「――――」

少し沈黙があった。

「この店には、フランスのシャンソン歌手の写真を一枚だけ飾ってありますが、お客の中に、横浜なんだから、海の写真を飾ったほうがいいんじゃないかという人がいて、海の写真を持って来たことがあるんです。私は、それもいいなと思って、その写真を、飾ったんですが、山口由美さんが、それを見たとたん、嘔吐《おうと》したんですよ。あわてて、海の写真を外《はず》しましたが、その時に、彼女の心の病気の原因は、海にあるんだと、分かりました」

と、小笠原は、いう。

「そのことを、竹下さんに、いいましたか？」

「いいました」

「竹下さんの反応は？」

「なんでも、海で溺《おぼ》れかけたことがあって、それで、病気になったんだといってましたね」

「それだけですか？」

「嘔吐で、店を汚したというので、一〇万円、置いていきましたよ。それで、こちらも、それ以上、きけなく、なってしまいました」

「本当は、何をききたかったんですか？」

「彼らが、卒業寸前、犬吠に行き、その中の一人、園田恵子さんが死んだことは、知っていたので、それが、山口由美さんの病気の原因じゃないかと、ききいてみたかったんですよ。しかし、何となく、きけなくなってしまいましてね」

小笠原の話し方は、静かで落ち着いている。それだけ冷静に、山口由美を見ていたということなのだろう。

「山口由美さんは、自分が、病気だということは、分かっていたんですか？」

「普段は、分かりませんが、時々、すごく落ち込んで、何もしたくなくなるんだとは、いってましたね。そんな時は、朝から一日中、暗い気持ちで、時には、自殺の衝動《しょうどう》にかられてしまう。それで、医者に薬を貰《もら》っていて、飲んでいるといっていましたから、自分が病気であることは、自覚していましたよ」

と、小笠原は、いう。

「その病気の原因が、何だったのかも、彼女は、分かっていたんですか？　小笠原さんは、ききそびれたといわれましたが、何かの拍子《ひょうし》に、それらしいことを、口にしていませんでしたか？」

「竹下さんは、あくまでも、今いったように、海で溺れかけたことが、原因だといっていましたがね」

「それは、事実ですか？」

十津川は、再度、質問した。

小笠原は、「え？」という眼になって、

「警察は、竹下さんの言葉を信用してないんですか？　彼女が亡くなったのは、間違いなく病院ですよ。原因はあの病気だと思いますがね」

「山口由美さんの死について、あれこれ、疑問を持っているわけじゃありません。竹下さんは、問題は、彼女が、病気になった理由です。竹下さんは、海で溺れかけた海に対する拒否反応は、友人の園田恵子が十六年前、犬吠の海で死んだことに関係があるのではないかと、十津川は、この話を聞いて思った。

「山口さん自身は、海で溺れかけたとか、それが原因で病気になったと話していたんですか？」

「いや。溺れかけたという話は、一度もしませんでしたよ。ただ、ここは横浜で海が近いんですが、海を見に行くなんてことは、一度も、なかったですね。私は、病気がよくなるかと思って、時々、海に誘《さそ》ったんですが、一度も行っていませんでしたね。海で溺れかけたというのは、本当かどうか分かりませんが、海で何かがあって、それが病気の原因だったのかもしれませんね」

「海を見るのが怖かったんですかね？」

「かもしれませんが、分かりません。とにかく、何回か、海に行こうと誘ったが、一度も行かなかったんですから」

と、小笠原は、小さく肩をすくめて見せた。

第五章　「四引く三は一か」

1

　十津川はここに来て、十六年前の犬吠埼で起きた殺人事件について、千葉県警で、詳《くわ》しく聞くことにした。現在、十津川が、捜査している小池鉄道殺しは、どうやら十六年前の殺人事件が遠因《えんいん》になっていると考えたからである。

　最初、十六年前の殺人事件について、もっと話を聞きたいという十津川の要望に対して、千葉県警は、いい顔をしなかった。できれば、触《ふ》れずにいてほしいと思っていることが、十津川にもよく分かった。

　十津川は、予測していたことだった。何しろ、十六年前に起きた殺人事件の捜査は、ほとんど、進展せず、現在では迷宮入りに近かったからだ。依然《いぜん》として容疑者が浮かばず、このままでは、犯人を逮捕するのは難《むずか》しいと思われているのだ。

　現在、殺人事件については、時効になることはなくなっていたから、今でも、千葉県警では、少数の刑事が、地道な捜査を、続けているという。

　十津川は、その少数の一人、小野寺《おのでら》という警部に会って話を聞くことにした。

「今でも、捜査は、ずっと続けていますが、残念ながら、容疑者を、特定するところまでには、至っていません。現時点では、迷宮入り寸前です」

　と、小野寺は、十津川に、いった。

小野寺は、現在四十二歳。問題の殺人事件が起きた時は、二十六歳の若手の刑事だった。

「十六年前に犬吠埼で起きた事件について、詳しく話をしてくださいませんか？」

と、十津川が、いった。

「十六年にもわたって懸命な捜査を続けてきたので、事件に関係するデータは、ほとんど、頭に入っています」

と、苦笑しながら、小野寺は、十六年前の殺人事件について、説明してくれた。

「十六年前の三月一日から五日までの四泊五日の予定で、卒業式を、目前に控えたS大の四年生男女四人が、犬吠埼に遊びに来たのです。名前は、十津川さんも、よくご存じでしょうが、小池鉄道、竹下治夫、園田恵子、山口由美の四人です。彼らは、卒業の記念に犬吠埼に、旅行したといっていました。三月一日には、犬吠埼の古い旅館、ぎょうけい館に泊まっています。明治七年創業です。問題の三月二日、小池鉄道、竹下治夫、そして、山口由美の三人は、小さなリゾートホテルに着くと、すぐに、犬吠埼に行き、周辺の景色を、楽しんでいました。もう一人の園田恵子は、気分がすぐれないというので、ホテルに残っていたのですが、ホテルの人の話では、少し時間が経《た》って、気分が、よくなってきたので、自分も、みんなといっしょに、犬吠埼の海を、見に行ってくるといって、一人でホテルを出ていったといいます。午後六時には、三人は、ホテルに帰ってきましたが、いくら待っても、後から一人で、出ていった園田恵子は、戻ってきませんでした。そこで、ホテルの人が、三人に向かって、園田恵子さんは、気分が、よくなってきたといって、少し後から、あなたがた三人の後を、追って出かけましたが、彼女とは会わなかったのですかと、きいたのです。それに対して、三人とも異口同音《いくどうおん》に、園田恵子とは、会っていない、具合が悪くて、ホテルで、ずっと休んでいるのだろうと、思っていたというのです。翌日になってから、犬吠近くの海岸で、海に浮かんでいる園田恵子の死体が、発見されて、大騒ぎになりました。衣服を着たままの溺死《できし》でしたが、死体をよく調べてみると、後頭部に、裂傷《れっしょう》が二カ所あることが分かりました。海に落ちた時に、何かにぶつけた、とも考えられますが、何者かが園田恵子の後頭部を、背後から鈍器《どんき》のようなもので殴《なぐ》りつけ、彼女が気を失っているところを、海に投げ込んだのではないかと考えて、事故死や自殺ではなく殺人事件として捜査を始めたのです。この時点での容疑者は、彼女と一緒に、三月一日から四泊五日の予定で、犬吠の海にやって来たS大の友人、竹下治夫、小池鉄道、そして、山口由美の三人の中にいるか、あるいは、三人の共謀で、園田恵子を殺したのだと、われわれは推定しました」

「県警は、この三人のうちの誰が、いちばん容疑が濃い、とされたんですか？」

「小池鉄道です。この四人の中で、殺された、園田恵子と、いちばん親しかったのが小池鉄道で、いってみれば、恋人同士と呼んでもいい関係でした。一方、竹下治夫と山口由美のほうも、仲がよかったようで、こちらの二人も恋人同士でした。いってみれば、二組の恋人同士が一緒になって、犬吠に遊びに来ていたというわけなのです。われわれは、すぐに三人を訊問《じんもん》しました」

「それで、訊問の結果、小池鉄道の容疑が、濃くなりましたか？」

と、十津川が、きいた。

「そうですね。具合が悪いといって、一人だけホテルに残っていた、園田恵子を除いた三人で、犬吠埼に、行ったわけですが、竹下治夫と山口由美は、二人で、灯台を見に行ったといい、小池鉄道は、二人と別れて、一人で犬吠の海をカメラにおさめていたといいます。小池には、明確なアリバイが、なかったということになります」

「竹下治夫と山口由美の二人は、どうだったんですか？　本当に、二人で、灯台を見に行っているんですか？」

「その確証はありません。現在でも不明です。初めから、このカップルにも、われわれは、疑惑を持っていました。こちらの訊問に対して、竹下治夫も山口由美も、二人で犬吠の灯台を見に行っていた、と答えています。一見すると、二人には、アリバイがあるように、思えますが、トイレなどの口実で、一人になることもできますし、二人が相談をし、口裏を合わせてアリバイを作り、その上で園田恵子を殺したという可能性も、否定はできませんでした」

「なるほど。結局、小野寺さんから見て、三人のうちで、誰がいちばん、強い容疑を感じましたか？」

「それも、いちばんの容疑者ということなら、やはり、園田恵子と、いちばん仲のよかった、小池鉄道ということに、なるでしょうね。この四人で、三月一日に、犬吠埼に来たわけですが、着いた日にも、小池鉄道は、恋人園田恵子と二人で海岸に出て、海岸で写真を撮っているんです。もちろん、セルフタイマーで、撮影したわけですが、同じ海岸で、園田恵子が死んでいることから、小池鉄道を第一の容疑者と考えました」

「竹下治夫と山口由美のほうは、どうだったんですか？」

「そうですね。二人のことは、S大に行って、いろいろと聞きました。同級生の何人かにも会って、話を聞きましたし、S大の教授にも聞いています。その結果、以前は、竹下治夫と園田恵子が、親しくしていたこともあると、分かりました。しばらくして、二人の間で何かあって、冷たくなったようですが、その理由は、はっきりしていません。そこで、竹下治夫は、山口由美に、乗り替えたんじゃないかという者もいました。園田恵子のほうは、その後、小池鉄道と親しくなったというのです。私は、ずいぶんいい加減《かげん》な、男女関係だなと、思いましたが、学生の間では別に、おかしなことでも何でもないらしいのです。こうなると、竹下治夫にも、園田恵子を殺す動機があったし、逆に考えれば、小池鉄道が、園田恵子と、いちばん仲が良かったので、いちばん強い動機を持っているとも思えるのです」

「小池鉄道が撮った写真は、見てますか？」

と、十津川が、きいた。

「もちろん見ましたよ。犬吠の海岸で、二人で撮った写真を、事件の直後に見ました。全く同じ場所から風景だけを撮った写真も、見ました。そのほか、小池鉄道は、犬吠の海が、好きだというので、たくさん撮っていますが、それらの写真も、捜査の参考として、見ています。しかし、その写真から、誰が犯人かという手がかりをつかんだということはありません」

「小池鉄道と、竹下治夫の二人は、S大を卒業した後、二人で、京都で、広告会社を立ち上げて、成功していますね？　小野寺さんは、当然、京都にも行かれて、二人が協力して作った会社も調べられたんでしょう？」

「もちろん、京都には、何回も行っています。おそらく、五回か六回は、足を運んでいるでしょうね」

「何か収穫が、ありましたか？」

「京都に行って捜査を進めたおかげで、千葉の捜査だけでは気がつかなかったことも分かりましたし、新しい発見もありました」

「山口由美のほうも、引き続き調べられたわけでしょう？」

「山口由美は、Ｓ大を卒業後、一度は就職したものの、しばらくして辞めた後は、これといった仕事にも、就《つ》かず、その後、横浜にあった『フランソワ』というカフェで、働くようになっています」

「小野寺さんは、その『フランソワ』という、横浜のカフェにも、行かれたんでしょうね？」

「ええ、もちろん、行きましたよ。ひょっとすると、山口由美は、十六年前の、殺人事件について、何か、秘密めいたことを知っているかもしれない。竹下治夫と小池鉄道という男たちについて、何か秘密をつかんでいるのではないかと思って、彼女が働く『フランソワ』というカフェにも、何回か訪《たず》ねて行きました。山口由美の両親にも、会いました。十六年前の事件について、両親に、何か話しているかもしれませんからね。しかし、彼女の両親のほうは、何をきいても、全く分からない、何も聞いていないと繰り返すばかりで、結局、何の収穫も、ありませんでしたね」

小野寺は、言葉を続けて、

「横浜のカフェ『フランソワ』に行って、そこで働いている山口由美に会ったのですが、正直いって少しばかり失望しました」

「それはなぜですか？」

「山口由美の様子を一目見て、彼女が、軽い心の病気になっていることが、分かったからです。その病状は、その後少しずつ悪くなっていったようで、小池鉄道が殺される、ずっと前に、山口由美は、亡くなってしまいました。死因は心臓発作ですが、医者にいわせると、心の病気が、どんどんひどくなっていって、薬の飲みすぎという、自殺に近い形で、死んだと、いっています」

と、小野寺が、いった。

「山口由美さんが、病気になった、その理由は、分かりますか？」

「十六年前の犬吠で起きた事件が影響していることは、間違いないと思います。親友が死んだことが、原因だと思いますが、ひょっとすると、彼女は、何か知っているのではないか、ということを考えたりもしました。ですが、何も話さずに、亡くなってしまいました」

「小野寺さんは、十六年間にわたって、この殺人事件を、ずっと捜査されてきたわけでしょう」

「そういうことに、なりますね」

「十六年の間に、何か、特に、思われたことはありませんか？」

と、十津川が、きくと、小野寺は、間をおいてから、

「そうですね、この殺人事件について、私は十六年もの長い間、ずっと、捜査を続けてきました。その間に担当の刑事は何人も替わりましたが、十六年間ずっと、担当しているのは、私一人になってしまいました。三月一日からの犬吠旅行に一緒に行った、S大の同級生三人のうちの誰かが、犯人ではないか、あるいは、三人が共謀しての殺人事件に違いないと考えて、その線で捜査を続けたのですが、肝心《かんじん》の証拠が見つからないのです。そこで、われわれは、捜査の範囲を、少しずつ、広げていきました。

事件の時の犬吠埼のホテルの従業員なども、徹底的に調べました。しかし、S大の同級生三人以外に、容疑者はいないという結論になってしまうのです。今でもこの三人、あるいは、この中の一人か、二人が、犯人に違いない、私は、そう、思っています。でも、とにかく、決め手がなかったのです」

「しかし、その中の一人、小池鉄道は、東京のホテルで殺されてしまいましたが、このことについて、どう考えていますか？」

「小池鉄道が、殺されたので、彼を容疑者から外《はず》すべきだという声もありますが、私は反対です」

「理由は？」

「小池鉄道が、犯人だとして、不都合なところがあるかどうか、考えてみたんですよ。十六年前に、犬吠埼で、小池鉄道が、園田恵子を殺したとします。まず、殺すチャンスが、小池にあったかを考えました。四人のうち、竹下と山口由美は二人で、犬吠の灯台を見に行き、小池は一人で犬吠の海を見ていた。これなら、小池が、二人にかくれて園田恵子を殺すチャンスはあったわけです。殺された園田恵子は、ホテルで、一人で休んでいたが、具合がよくなったので、三人に会いにホテルを出ています。その後、小池と恵子は、恋人同士ですから、携帯で会う場所を決めて、会っていたことも、充分に考えられます。小池は、犬吠の海岸で、恵子を殺し、何食わぬ顔で、竹下と由美に会っていれば、竹下たちも疑わないでしょう。こう考えれば、小池が、犯人である可能性もあるのです。次は、その小池を殺した犯人の動機です。最初に殺された園田恵子にも、家族がいます。両親、きょうだい、或《ある》いは、友人、知人も考えてもいい。彼らは、警察が、犯人を捕らえてくれることを期待していたと思いますが、十六年たっても、犯人を捕まえられない。いい加減、焦《あせ》り、いら立ち、腹を立てていたはずです。そんな時、家族に、犯人は、小池鉄道だと、教える人間が出てきて、匿名《とくめい》で伝えたとします。警察に腹を立て、信用しなくなっていた人々は、自分たちで、園田恵子の仇《かたき》をとろうと考え、小池鉄道を殺した。そんなことも、充分考えられると思うのですよ」

「今まで、小野寺さんは、園田恵子の家族や、友人、知人のことを調べていたんですか？」

と、十津川が、きいた。

「もちろん、調べました。何かする可能性がありますからね」

「その結果は、どうだったんですか？」

「今のところ、彼らの一人が、小池鉄道殺しの犯人につながる線は、出てきません。しかし、複数犯の可能性もあるので、この線も、引き続いて調べていくべきです」

と、小野寺は、いった。

「小野寺さんの大変さがよく分かりますよ」

と、十津川は、いった。

十六年間にわたって、捜査を続けたら、調査した相手は、何百人という数になるだろう。それで、容疑者の数が、減っていくのなら、真犯人に近づいているという昂揚《こうよう》感も出てくるだろうが、今の小野寺警部は、逆に、捜査の範囲が広がり、容疑者も増えてしまって、捜査が難しくなっているはずである。

「私は、小野寺さんに、お願いしたいことがあるのですが」

と、十津川は、いった。

「どんなことですか？」

「私たちは、小野寺さんと同じ犯人を追っているのかもしれません」

十津川がいうと、小野寺は、うなずいた。

「私も、時々、同じ気持ちになっています」

「私のほうは、小池が殺された事件から、捜査を進めていますが、小野寺さんは、十六年間にわたって、私たちと同じ事件を追っておられる。当然、訊《じん》問《もん》した容疑者の数も、私たちとは、比《くら》べものにならない、莫大《ばくだい》な数だと、思うのです。そのリストがあったら、見せていただきたいのです」

と、十津川は、いった。

「容疑者のリストですか？」

「そうです。今も申し上げたように、私と、小野寺さんとは、同じ犯人を追いかけている可能性があるのです。同じ犯人でなくても、同じグループ、同じ傷と同じ趣味を持つ者たちだという気はしているのです。それで、先輩の小野寺さんが十六年間にわたって捜査した、疑いを持った人々のリストを、見せていただきたいのです」

「分かりました。その代わり、私のほうにも、十津川さんに、お願いしたいことがあります」

「どうぞ。いってください」

「私のほうにも、十津川さんが訊問した人間のリストを見せていただきたいのです。合同捜査といった堅苦しいものではなく、携帯に写真を送っていただくのでも構《かま》いません」

と、小野寺は、いった。

これで、話し合いが終わりになると、小野寺のほうが、気楽な感じで、

「ところで、正直なところ、十津川さんは、誰が小池鉄道殺しの犯人だと思っているんですか？」

と、きいた。

「われわれ警視庁捜査一課が、この事件の捜査を始めてすぐの頃から、犯人は、竹下治夫の関係者だろ

うと思っています。その考えは、今も全く変わっておりません。竹下には、アリバイが、あります。問題は、肝心の動機が分からないのです。なぜ、竹下治夫が、小池鉄道を、殺さなくてはならなかったのか、その理由が、分からないのです。殺された小池鉄道は、大学を卒業後しばらくして、竹下治夫と一緒に、京都で、広告会社を立ち上げて成功していますからね。小池鉄道が、園田恵子を、殺したのは竹下治夫ではないかと疑っていれば、わざわざ京都まで行って、一緒に広告会社を作るとは、考えられないのですよ。それでも、私は、今でも竹下治夫が、犯人だという思いがあります」

と、十津川が、いった。

「それは、捜査方針として、竹下治夫をマークしているわけですね？」

と、小野寺が、きく。

「そうです。容疑者として、捜査本部が、マークしています。犯人に近い感じで見ています。ただ、今いったように、証拠もなく、動機も分からないので、動きが取れないのですよ。しかし、何とかしようと考えて、明日、もう一度、京都に行って、竹下治夫のことを、調べてこようと思っているのですが」

十津川が、いうと、小野寺は、うなずいて、

「私も、久しぶりに京都に行って、竹下治夫に会ってみたくなりました」

と、いった。

「それなら、明日、ぜひ一緒に行きたいですね。二人で京都に行って、竹下治夫に会って話を聞けば、何か新しい発見が、あるかもしれませんから」

と、十津川が、いった。

「分かりました。明日、ぜひご一緒させてくださ

い」

と、小野寺が応じた。

2

翌日、十津川は、東京駅で小野寺警部と落ち合って、新幹線「のぞみ」で京都に、向かった。

その十津川を、名古屋の手前で、電話が追いかけてきた。電話の主《ぬし》は、亀井刑事だった。

十津川がデッキに出て、電話を受けると、亀井は、いきなり、

「警部、たった今ですが、驚きのニュースが飛び込んできました」

と、いう。

「いったい、何があったんだ？」

「竹下治夫が、今日の未明、車にはねられて、救急車で、京都駅近くの救急病院に運ばれたそうです。病院の名前は、木下《きのした》総合病院です」

「ケガの程度は、どうなんだ？　深刻な状態なのか？」

「詳しいことが、よく分からないので、現在、京都に残っていた西本と日下《くさか》の二人が、話を聞きに行っています。軽い右足亀裂骨折で、命にかかわるようなケガではないようです」

「竹下をはねた車は、どうしたんだ？」

「事故が起きたのは今日の未明、午前二時頃だったそうです。竹下治夫が、西陣の近くを一人で歩いていたところを、中年の女性が運転する車に、はねられたのだそうです。運転者の女性は、今、警察で、事情をきかれているようです。今分かっているのは、それぐらいですが、西本と日下から何か新しい情報が入ったら、すぐ警部の携帯に、連絡を入れま

すよ」

「分かった。そうしてくれ」

「とにかく、京都で降りられたら、木下という救急病院に行ってみてください」

と、亀井刑事が、いった。

十津川は、座席に戻ると、小野寺警部に、今、亀井刑事から聞いた話を伝えた。

小野寺は、ため息をついてから、

「今度は、竹下治夫が車にはねられて負傷ですか？　どこまで、この事件は、続くんでしょうかね？」

と、いって、首をひねった。

「今回の交通事故は、何となく、芝居《しばい》のような気がして仕方がありません」

と、十津川が、いった。

「芝居？　どうして、そんなことをする、必要があるんですか？」

「今から、十六年前に、四人で、竹下治夫は、ほかの三人の同級生と一緒に、四人で、犬吠埼に出かけています。その時、四人の一人、女子大生の園田恵子が、殺されました。今年になって、小池鉄道が、殺されました。その上、もう一人の女性、山口由美は、すでに、死んでいますから、残っているのは、竹下治夫一人だけということになります。当然、周囲の、彼を見る目は、厳《きび》しくなってきます。そこで、われわれ警察に、先手を打って、竹下治夫は、自分を車でわざと轢《ひ》かせたのではないか？　そうすることで、病院に逃げ込んだのではないか。そんなことを考えてしまうのですよ」

「四から三を引けば、一ですからね。こうなると、竹下治夫という男について、もう一度、調べ直したくなってきましたね」

「私のほうは、竹下治夫と、小池鉄道の二人です」

と、十津川は、いった。

小池は、被害者だが、十津川が知りたいのは、死ぬ前の、小池の行動だった。

小池は、同窓の竹下と、京都に行って、共同で、会社を作っている。その会社は成功して、小池自身は、京都市内のマンションに住んでいた。それなのに、小池は、内密に、銚子電鉄の駅名愛称命名権売買に参加して、外川駅の名前を買っていた。その上、外川駅前に事務所を作り、事務員として、若い女性を採用していた。その彼女の証言によれば、小池は、京都にいるが、東京に住みたいといっていたと、いうのである。

それは、何故《なぜ》なのか？

生まれたのが、東京だったからなのか？

東京に帰りたいという思いは、分かるが、銚子電鉄の外川駅の駅名を買った理由が、はっきりしない。

鉄道ファンだから、という話もある。名前が「鉄道」ということから考えても、この説は肯《うなず》けるのだ。が、犬吠が好きだった小池は、最初、犬吠駅の駅名を買いたかったのが、この駅名は人気で、競争があるので、犬吠に近い外川駅にしたという考え方もある。

この考え方は、説得力があるが、十津川は、それだけではないような気がしているのだ。

その直後に、小池が、殺されて、しまっているからである。

今から十六年前に、小池の恋人だった園田恵子が、殺されている。

しかし、その後、十六年間、小池は、殺されなかった。もし、竹下が園田恵子を殺した犯人だったら、小池は、よく殺されなかったと、思わざるを得ない。

それが、小池が、銚子電鉄の外川の駅名を、買ったとたんに殺されたのである。

(何故なのか?)

と、十津川は、考えてしまうのだが、その答えは、まだ見つかっていないのだ。

だから、竹下以外に、小池のことも、調べてみたいのである。

京都駅で降りる。

木下総合病院は、駅の近くなので、二人は、歩いて行くことにした。

竹下は、三階の個室に、入っていた。

見舞いの花束が、沢山《たくさん》、きている。十津川は、その花束に書かれた名前に、眼をやってから、

「大変なことでしたね。事故の原因は、向こうの前方不注意みたいですね」

と、ベッドに寝ている竹下に、声をかけた。

「足だけで、よかったですよ。一週間もしないで、松葉杖《まつばづえ》なしで、歩けるといわれて、ほっとしています」

と、竹下が、微笑した。

「向こうは、女性だそうですね?」

「京都の女性は、運転が荒いので、怖《こわ》いですよ」

と、竹下が、いう。

「事故は、未明だったと聞いたんですが、そんな時間に、歩いていたんですか?」

「これは、見舞いですか、それとも、訊問《じんもん》ですか?」

と、竹下が、きく。

「二つも殺人事件が重なっているので、竹下さんが、車にはねられたと聞くと、どうしても犯罪じゃないかと、思ってしまうんです」

と、十津川は、いった。

竹下が、笑って、

「それは、考えすぎですよ。車を運転していた女性は、初対面だし、あの日は、たまたま、仕事がたまっていて、夜中すぎまでかかったんで、わざと、あの時間まで、会社にいたわけじゃありません」

「夜中まで、仕事が続くことは、よくあるんですか？」

と、千葉県警の小野寺が、きいた。

「そうですねえ。後発の広告会社なんで、社員を増やせないんです。人件費で潰《つぶ》れるケースが多いですからね。社長の私も、仕事を社員に任《まか》せず、自分でやることが多いんですよ」

「お一人で、夜中すぎまで、仕事をされていたみたいですね」

「今、いったように、人件費節約で、自然に社長の仕事が増えるんですよ」

「仕事を、自宅に持っていくことは、されないんですか？　今朝は、会社で、未明まで仕事をされて、自宅マンションに帰る途中で、事故にあわれたんでしょう？」

「仕事を、自宅に持ち込むのは、嫌いなんですよ」

と、竹下は、いった。

「自宅マンションに近いんでしたね？　会社は」

「京都の町自体、小さくて、狭いですから」

「なるほど」

「まあ、私は、この有様《ありさま》なので、お相手できませんが、京都旅行を楽しんでください」

と、竹下は、いった。

このあと、十津川と、小野寺は、西陣にある竹下の会社から、自宅マンションまで、歩いてみた。

男の足で、七、八分である。

「これなら、会社の仕事でも、自宅マンションに持ち帰れますね」

と、十津川が、いった。

「それに、竹下の会社は、京都広告といって、広告会社で、大きな機械があるわけじゃありません。せいぜい、使うのは、ノートパソコンぐらいだから、自宅マンションでも、仕事ができるはずなんですよ」

と、小野寺が、いう。

「竹下は、独身だといってますが、三十八歳だから、彼女がいても、おかしくはないんだが、見たことがないんですよ。竹下も紹介してくれませんしね」

「そういえば、私も紹介されていませんね」

と、小野寺もいい、二人は、マンションの管理人に、きいてみることにした。

二人が、マンションに着くと、小野寺が、管理人室をのぞき込んで、

「替わってませんね。私が知っていた管理人だ」

と、いった。

六十五、六歳の管理人である。

二人で、彼から、竹下のことをきくことにした。

最初のうちは、竹下のことをきいても、遠慮がちで、よく知らないを繰り返していたが、十津川が、今は入院しているというと、急に能弁《のうべん》になった。

「ええ。竹下さんは、まだ独身ですよ。でも、会社の社長だし、イケメンだから、もてますね。時々、マンションの前まで、女性が来てました。ただ、気が多いのか、よく、女性が代わってましたよ」

と、管理人が、いう。

「竹下さんは、なぜ、結婚しないんだと思いますか？」

小野寺が、きいた。

「やっぱり、もて過ぎるからじゃありませんか。竹下さんも気が多くて、なかなか、一人に決めかねてるんじゃありませんか。ぜいたくな悩みじゃないですか」

と、管理人は、答える。

十津川は、竹下の部屋を見たくなったが、これは、できない。そこで、これも管理人にきくことにした。

「あなたは、竹下さんの部屋に入ったことが、ありますか？」

「あったかなあ？」

と、自問しているようだったが、

「ああ、竹下さんが、東京から帰ってくる時、大事なお客を連れて行くから、部屋を掃除しておいてくれと頼まれたことがある」

と、いった。

「最近ですか？」

「確か、三日前だったと思う」

「それで掃除を？」

「私一人じゃありませんよ。業者に頼んで、二人来てもらって、掃除したんです。竹下さんが、よく、その業者に頼んでいるのを、知っていましたからね」

「それで、三日前に、業者の人は、竹下さんの部屋を掃除したんですね？」

「そうですよ」

「このマンションのどの部屋ですか？」

「七階の角部屋で、京都では珍しく３ＬＤＫの広い部屋で、ベランダも広いですよ」

「部屋の見取図を描いてくれませんか」

「私が、そんなことをしたということは、竹下さんには、黙《だま》っていてくれますね？」

「もちろん。竹下さんには、何もいいませんよ」

「警察は、どうして、竹下さんのマンションの見取図なんか、欲《ほ》しがるんですか？」

と、ききながら、メモ用紙に、管理人は、部屋の見取図を描いていった。

「広いですね？」

と、小野寺が、のぞき込んだ。

「一九〇平米《へいべい》ぐらい、ありますよ。京都では広い部屋です。ベランダも広い。だから、竹下さんは、ベランダで、日光浴をしたり、体操をしたりしてますよ」

「そんなことを、竹下さんは、あなたに、話したりするんですか？」

十津川が、きく。

管理人は、笑って、

「このあたりが、一時、高さ制限が緩和《かんわ》されたことがありましてね。十階建てのマンションが、次々に建ちました。今は、もう駄目《だめ》ですが、十階建てのマンションの管理人と気が合って、飲みに行ったりするんですが、彼がよく、いうんです。屋上から、竹下さんのベランダが、よく見えるんだが、時々、日光浴をしているのが見える。あれは、みっともないものだと」

「なるほど。それで、部屋の中ですが、そこにも、美女の写真なんか、べたべた、貼ってありましたか？」

「不思議《ふしぎ》に、女性の写真なんか一枚も、見なかったですよ」

「何か気になったものが、ありましたか？」

「サンドバッグが、吊《つ》り下げられて、いましたね。鉄亜鈴《てつあれい》も、転がっていたから、竹下さんは、身体を鍛《きた》えていたんじゃありませんか？　社長は身体が弱くては、務《つと》まりませんから」

「広告会社の社長だから、それに、ふさわしいものは、部屋の中にありませんでしたか？」

「『京都広告』が今までに売った広告は、壁に貼って、ありましたよ。新しい西陣を示す広告とか、古都と桜を写真にした観光京都の広告とかね」

「京都の広告ですか？」

「そうです」

「千葉県に、犬吠という海岸があるんです」

と、十津川は、携帯に、犬吠の海を出して、それを管理人に見せて、

「この海の写真は、なかったですか？」

「これが、犬吠の海ですか？」

「前に、見たことはないですか？」

「これも、竹下さんには、内密にしておいてくださらないと困るんですが」

「見たんですね？」

「三日前に、掃除を頼まれた時、業者の人と一緒に、竹下さんの部屋に入ったんですが、机の上に、ノートパソコンが、置いてありましてね。どんなことが、入っているのか、知りたくて、業者の人が、他の部屋に入っていった時、そのノートパソコンを、オンにしてみたんです。そうしたら、いきなり、海の写真が、画面に出現したんです。それが、刑事さんが、今見せてくれた海の写真と、よく似ているんですよ」

と、管理人が、いった。

「本当に、この海でしたか？」

十津川が、念を押した。

「刑事さんが見せてくれた写真に、白い灯台が、見えたでしょう？　竹下さんのノートパソコンの写真

も、少し見ていたら、画面が動いて、白い灯台が、出て来たんです。周囲の、地形も、全く同じですよ」

管理人は、なぜか、嬉《うれ》しそうに、いう。

「三日前だと、いいましたね。外から、掃除を頼まれたのは？」

「そうです」

「その時、竹下さんは、外から、京都に帰って来たんですか？」

「そう思います。その二日前から、旅行にお出かけでしたから」

「何処へ行っていたかは、分かりませんか？」

「そこまでは、分かりません。いちいち、行き先を、きくわけには、いきませんから」

「五日前に旅行に出て、二日後に帰って来た。その時、帰る途中に、電話をかけてきて、帰るまでに、部屋の掃除を頼むといった」

「そうです」

「お客を連れて帰るから、掃除をしておいてくれと、いったんですね？」

「そうです」

「ノートパソコンですが、旅行に出かける時、竹下さんは、いつもは、それを持って出かけているんですか？」

「五日前の時、ノートパソコンを持っていたかどうか分かりませんが、一度だけ、竹下さんのほうから、旅行には、別の、小さなノートパソコンを持って行くんだと、おっしゃったことがありましたよ」

「3LDKの部屋ですね」

「ええ」

「ここに、八畳の寝室がありますが、ベッドですか？」

「キングサイズのベッドでしたね。他に、テレビと、書棚、小さな冷蔵庫、丸い机に、今いったノートパソコンがのっていました」

「寝室から、広いベランダに出られる作りですね？」

「うらやましい、ですよ」

「竹下さんは、このマンションを、借りていたんですか？　それとも、購入していたんですか？」

「最初は借りていましたね。月額、三五万円です。が、竹下さんは、この部屋を購入することに決めたみたいです」

「なぜ、竹下さんは、急に、マンションを、購入することになったんですかね？」

「そこまでは、私にも、分かりませんが、ここに永住することに決めたんじゃありませんか？　それとも、結婚することになったのか」


と、管理人は、いった。

「では、最近、特定の女性が、このマンションに来るように、なっていましたか？」

と、十津川が、管理人に、きいた。

「最近は、女性の姿を見ませんね。仕事に集中しているんじゃありませんか？」

「しかし、旅先から、マンションの清掃を、あなたに頼んでいるんでしょう？」

「そうです」

「それなら、普通に考えて、女性を連れて行くので、急きょ清掃をしておいてくれと、頼んだんだと思いますがね？」

と、十津川は、いった。

十津川と、小野寺は、管理人に紹介してもらって、清掃会社の社員二人にも、会った。

「竹下さんは、よく、そちらの会社を使うんですか？」

と、小野寺が、きいた。

「気に入って、使っていただいています」

「竹下さんと、会話したことが、ありますか？」

「仕事をしている時は、お喋《しゃべ》りはしませんが、清掃を終わったあとに、ラーメンをとってくださったあとなんかには、お喋りもしますよ」

「最近、旅行から帰る直前に、マンションの清掃を頼まれたことが、あったでしょう？」

「三日前ですね」

「あの時は、清掃の最中にも、急にバルコニーの手入れを指示されましてね。やりながら、電話でお喋りをしましたよ。他にも、追加の仕事の最中なんかには、一緒に行った同僚と、話をすることもありましたよ。あの人は、お喋りが好きなんだと思いますよ」

「竹下さんに、冷たい感じを受けたことがありますか？」

と、十津川が、きく。

「どうだろう？」

と、清掃会社の二人は、顔を見合わせて、

「冷たいというより、冷静といったほうが正しいんじゃないですか」

と、一人が、いった。

第六章　証拠はあるか

1

十津川に、二宮エリカから、電話が入った。

「二カ月分のお給料を、先にいただいていますから、そのほうの文句は、ありませんけど、いつまで、外川の事務所に出勤しなくてはいけないのでしょうか？」

と、エリカがきくのだ。

「君は、今回の事件とは、何の関係もないから、外川の事務所には、もう来る必要はないんだが、君にききたいことがあるんだ。だから、明日、私も外川の事務所に行く。向こうで、会って話がしたい」

と、十津川が、いった。

千葉県警の小野寺警部と京都に行って、あれこれ調べているうちに、銚子電鉄の終点、外川駅のことも、小池が、駅の近くに事務所を作り、地元の二宮エリカという女性を、雇《やと》っていたことも、つい忘れてしまっていたのである。

翌日、十津川は、銚子電鉄の終点外川駅に行った。小池が一八〇万円で、外川駅の愛称の権利を、買ったので、今もホームの標識には「こんけてつぶら」の名前が書かれていた。

ひと電車遅れて、二宮エリカが、外川にやって来た。

十津川は、海岸に、新しくできたカフェに、二宮エリカを、連れていき、ケーキセットを奢《おご》ってから、話を、聞くことにした。

「君の雇い主の小池さんのことだがね。彼のことで、私に、まだ、話してくれていないことはないかね？」

と、十津川が、きく。

「刑事さんには、全部お話ししたつもりですけど」

と、エリカが、いう。

「どんな、小さなことでもいいんだ。小池さんの独《ひと》り言《ごと》でも、いい。何かないかね？」

「警部さんは、京都に行っていたんですか？」

「ああ、そうだ。事件の捜査のために、千葉県警の、小野寺という警部と一緒に京都に行っていた」

「それで、小池社長を殺した犯人は、分かったんですか？」

「犯人の目星《めぼし》はついているのだが、肝心《かんじん》の証拠がない」


「そうなんですか、証拠が、見つからないんですか？」

「そうなんだ。だから、君にも、こうやっていろいろときいているんだ。小池さんは、京都からこちらに帰ってきたいといっていた。東京か、それとも、この外川なのかは、分からないが、そのために、外川駅の駅名を買ったんだと、君はいっていたね？」

「そうです。私なんかは京都が好きで、一度は京都に住みたいと思うんですけど、小池社長は、京都よりも東京のほうがいいらしくて、中でも一番好きなのは、犬吠だって、いってましたよ。だから、この外川駅の名前を、買ったんだとも」

「それにしては、あの小さな事務所は、何とも、殺《さっ》風景《ぷうけい》じゃないか。壁に、好きな犬吠の写真でも、飾《かざ》ろうという気には、ならなかったんだろうか？」

十津川が、きくと、エリカは、ニッコリして、

「それで、思い出したんですけど、小池さんは事務所の壁に、犬吠の写真を、大きく引き伸ばして、何枚か、貼るつもりだったんですよ。それで、私に頼んでいたのです。そのことをすっかり、忘れてました」

「何を忘れていたの？」

「小池社長は、あの事務所の壁に、自分で撮《と》った犬吠の写真を引き伸ばし、それを額に入れて飾るつもりだったんですよ。千葉県では、額縁《がくぶち》を売っている店を、知らないので、私が知っていれば買っておいてくれといって、大きく引き伸ばした写真を六枚、私に、預けたんですよ。お金も、いただきました。それで、家の近くの額縁屋さんに頼んでおいたんですけど、肝心の小池社長が、亡くなってしまったので、どうしたらいいんでしょう？　だって、あの事務所だって、時間がくれれば、銚子電鉄に返さなければ、ならないんですもの」

と、エリカが、いった。

十津川は、急に、頭の血の流れがよくなったような気がした。京都の小池のマンションに飾られていた、六枚の犬吠の写真は、それが火事で失われて、もう見ることはできないと思い込んでいたからである。

小池は同じ写真を、外川の、事務所に飾ろうと思っていたのだ。おそらく、それだけ、犬吠の海が好きなのだろう。

「警部さん、どうしたんですか？」

不思議《ふしぎ》そうにエリカが、十津川の顔をのぞきこむ。

「びっくりすることを、聞いたので、驚いたんだ」

と、十津川が、正直に、いった。

「でも、小池社長は、犬吠の海が好きで、写真を、何枚も撮ったといっていましたよ。だから、その写真を、事務所に飾りたいと思うのは当たり前じゃありませんか?」

と、エリカが、首をかしげる。

「その当たり前が、嬉《うれ》しいんだよ。これから君が預かっていたという六枚の写真を、取りに行こうじゃないか」

と、十津川が、いった。

2

銚子市街の額縁屋に頼んであるというので、十津川は、エリカに案内をしてもらって、銚子駅方面に向かった。

エリカが、十津川を連れていったのは、銚子駅近くの、商店街にある額縁の専門店である。彼女が、いった通り、その店では、六枚の引き伸ばした写真を、額に入れて用意してあり、引き取りに、来るのを待っていた。

その六枚の写真入りの額縁を持って、二人は外川駅に戻った。

相変わらず、犬吠までは、乗客が多いのだが、その先の一駅間、ほとんど乗客の姿はない。

外川駅に着くと、その、額縁を事務所の壁に並べていった。その六枚の中には、犬吠の海岸で小池鉄道が園田恵子と一緒に撮った古い写真もあったし、誰もいない同じ海岸を撮った写真もあった。

「問題は、この二枚の写真なんだ」

と、十津川は、いった。

「それって、犬吠の同じ海岸を、撮った写真でしょう? 片方は、小池社長が女性と一緒に写っていますけど、少し古いみたい」

と、エリカ。

「たしかに、同じ場所で、撮った写真なんだ。だが、実は、ほんの五、六分で、この二枚の写真のどちらかを、犯人は、修正しているはずなんだよ」

と、十津川が、いうと、エリカは、首をかしげて、

「どちらの写真も、修正しているところなんか、ありませんけど」

「いや、これは修正前の写真なんだ。犯人は、この写真を、五、六分で修正したらしいんだよ。それは間違いないんだが、どこを、どう修正したのかが分からない」

十津川は、京都の、小池のマンションに行き、部屋の壁に貼ってあった、同じ六枚の写真を見ている。そして、容疑者の竹下治夫は、その直前に、マンションに入っていき、五、六分で、出てきたのだ。そのたった数分で写真を修正してしまったらしいのだ。

どの写真をどう修正したのか？　たぶん、二枚の写真のうちの、同じ場所で人気《ひとけ》のない犬吠の海岸を撮った写真のほうを、修正したに違いない。

今、十津川の前にあるのは、修正前の写真である。その写真のどこを修正したのか？　そこには、犯人にとって、都合の悪いものが写っていたに違いないのだ。かつて竹下たちの広告会社で働いていた二階堂は、その写真を見て、前に見た写真と、違うんですと、いっていた。それなら、誰が修正したのか？　本人の小池鉄道は、すでに死んでいるから、自分の写真を、修正するはずはない。

とすると、残るのは、竹下治夫だけである。

二階堂は、二枚の写真のほうが、前に見た時と、違っていると、いいながら、どこをどう修正したの

かをいわないうちに、行方不明になってしまった。

その二階堂にしても、小池鉄道のマンションに、前に、行ったのは一回だけだったといっている。その、二階堂に分かったのなら、十津川にも、分かるはずである。

「犯人が、五、六分で修正したと思われる写真は、こちらの、誰もいない、思い出の海岸を写した写真だと思う」

と、十津川が、いった。

「その修正をしたのが、この写真なんですか？」

と、エリカが、きく。

「いや、この写真は修正前のものだ」

「それでは、この写真を、警部さんのいう犯人が、数分間で、修正したんですね？　だけど修正した後の写真がなければ、どこを、修正したのか分かりません」

と、当たり前のことを、エリカが、いった。

「たしかに、その通りなんだが、修正した後の写真は、火事で、燃えてしまっている。だから、この、修正前の写真で、修正した箇所を、見つけなければならないんだ」

「写真の修正って、たった五、六分でできるものなんでしょうか？」

また当たり前の質問を、エリカが、する。

「たしかに、難《むずか》しいだろうね。だが、犯人は、数分で、どこかを修正したんだよ。それは、間違いない」

「でも、数分で修正するなんて無理でしょう。どこかを切り貼りするわけじゃないんですから」

と、エリカが、いった。

「その通りだ」

と、いってから、十津川は、急に、強い眼になっ

て、

「今、何といったんだ？」

「私、何か、いいましたか？」

「ああ、切り貼りするわけじゃないんだからと、いったんだ。切ったり、貼ったりするだけなら、五、六分でもできる。しかし、写真そのものを消すのは難しい。君は、そういうつもりでいったんだろう？」

「私、そんなに、難しいことをいったつもりはありませんけど」

「いや、決して、難しいことじゃない。それに、あとで修正された写真を見た人間も、長い間、じっと見ていたわけじゃないんだ。犯人と同じように、ごく、短い時間しか見ていない。したがって、大きな修正ではなかったはずだ。たぶん、君がいったように、写真の切り貼りだよ」

「でも、ハサミやナイフで、切ってしまったら、直した跡が残って、すぐ分かってしまいますよ」

「たしかに。だとすれば、何かを貼りつけたか、あるいは、写真と同じような色で、どこかを、塗り潰《つぶ》したんだ。じっくりと見れば、気が、ついたのだろうが、簡単に見ただけだから、そこまでは、気づかなかったんだ」

「塗り潰すだけなら、数分あれば楽にできますよ」

と、エリカが、いった。

二人は、もう一度、人気のない犬吠の海岸を、写した写真を見つめた。

白い砂浜と、コバルトブルーの海があり、強い風に吹き寄せられた小枝や石が、砂浜に落ちているのが、見える。静寂《せいじやく》な、そのくせ、どこか、海の響《ひび》きが、聞こえてくるような写真である。

「写真を見る限りでは、誰の姿もない無人の浜だ。

あるのは吹き寄せられた小石や木の枝だけだね」

と、十津川が、いうと、

「写真の手前のほうに、何か落ちていますね。何でしょう?」

「ああ、それも、木の枝だよ」

十津川が簡単にいうと、

「いいえ、違います。これは木の枝じゃないですよ」

エリカが、大きな眼を、みひらいていう。

「君の視力は、いくつなんだ? 私は〇・八だが」

「私は二・〇ですよ。視力がいいのが、自慢なんです」

と、エリカ。

「その君から見ると、これは、木の枝じゃないのか?」

「ええ、明らかに違いますよ。ちょっと見ると、十二、三センチくらいの、黒い枝のように見えますけど、枝の頭のところが、白く見えるでしょう? だから、これは、枝じゃありません」

「木の枝ではないとすれば、いったい、何なんだ?」

「たぶん万年筆じゃないでしょうか? それも、キャップの頭のところが白いから、モンブランの万年筆」

と、エリカが、いった。

「君には、どうして、これが、万年筆で、モンブランの万年筆だと、分かるんだ?」

「私の父は、万年筆を集めるのが趣味で、いちばん大事にしているのは、キャップの頭のところが、白くなっているモンブランなんです。ですから、この小枝のように見えるものが、万年筆なら、間違いなく、モンブランですよ」

「そういわれてみると、たしかに、これは、万年筆かもしれないな。短い棒のように見えるから、一時的に、消すことは簡単かもしれないな。砂浜と同じ色の紙を持ってきて、万年筆の上に、貼りつけてしまえば、万年筆は簡単に、消えてしまう。よく注意して見なければ、そのことには、気がつかないから、五、六分で、万年筆を、消すことは、簡単なことだと思う」

と、十津川が、いった。

「たしかに、その通りですね」

「一度、試《ため》してみたいな」

と、十津川がいうと、

「じゃあ、私が、文房具屋さんに行って、白い絵の具と、白い紙を買ってきます」

エリカは、すぐ、事務所を出ていった。

しばらくして戻ってくると、エリカは、机の上に、白い絵の具の、チューブと、白いテープを、置いた。

十津川は、写真に近づき、黒い万年筆の上に、白い砂浜に似《に》た、白いテープを貼りつけてみた。

そうしておいてから、少し離れたところから、写真を見ると、まるで、手品のように、黒い万年筆は、消えていた。

「これなら、五分どころか、一分あれば、消すことができるし、注意して見なければ、写真が変わったことに気がつかない。絵の具は、いらなかったな」

と、十津川が、いった。

「どうして、犯人は、そんなことをしたんですか？砂浜に、万年筆が落ちていても、そんなこと構《かま》わないじゃないですか？」

と、エリカが、いった。

「この黒い万年筆が、誰のものかということだ。持ち主が、分かれば、捜査は一歩前進する」

と、十津川は、いった。

3

十津川は、問題の写真を持って、東京に帰った。

持って帰った写真を科学捜査研究所（科捜研）に渡して、写真の中に写っている万年筆のところだけを、大きく、引き伸ばしてもらうことにした。ぼやける寸前の大きさである。

すぐに、科捜研から、大きく引き伸ばされた写真が送られてきた。モンブランの万年筆である。

よく見ると、キャップのところに、小さな文字が、彫り込んであった。

「S大第四期卒業記念」

と、読める。

彫られている文字は、それだけだった。

十津川は、半分歓喜《かんき》したが、残りの半分は、落胆《らくたん》した。

S大第四期卒業記念といえば、十六年前である。したがって、この万年筆が、小池たちが、S大を卒業した記念として作られたものであることは、一つの発見であり、嬉しいことだった。

しかし、そこに個人名は彫られていない。

S大の卒業記念の万年筆だと分かっても、いったい、誰の万年筆なのかということまでは、分からない。

それでも、十津川は、翌日、大きく引き伸ばした写真を、丸めて持ち、S大に向かうことにした。

十津川は、すぐ千葉県警の小野寺警部に電話をした。

十津川は、写真のことを告げ、

「問題の四人が、卒業したS大に一緒に行きませんか」

と、誘《さそ》った。

小野寺は、すぐ同行するといい、十津川は、小野寺と待ちあわせて、二人でS大に行き、事務局の学生課で、大きく引き伸ばした写真を、事務局長に、見てもらうことにした。

「ここに『S大第四期卒業記念』と書いてあります。この年は、卒業生全員に、モンブランの万年筆を、贈ったのでしょうか?」

と、十津川が、きいた。

「ええ、たしかに贈りました。学長の考えで、この年だけではなく、ウチでは毎年、卒業生に、モンブランの万年筆を、贈ることにしているんです」

事務局長が、いった。

「それで、この年の卒業生は何人ですか?」

小野寺が、きいた。

事務局長は、すぐに、卒業生の名簿を持ってきて、ページを繰《く》っていたが、

「この年は、二百三十八人ですね」

と、いう。

その数に、十津川は一瞬、呆然《ぼうぜん》としてしまった。

十津川が想像していたよりも、数が、多い。それに、万年筆には、個人の名前は、彫られていない。

「それでは、この万年筆の持ち主を見つけるのは難しいですね。何しろ、二百人以上も、いるんですからね」

と、十津川が、いうと、事務局長は、もう一度、写真に、眼をやって、

「いや、そんなことはありませんよ、調べれば、比較的簡単に、分かると思いますよ」

その言葉に、二人の刑事は、思わず顔を見合わせ

た。

「どうして簡単に、分かるんですか？　卒業記念の万年筆は、二百三十八人の卒業生全員に渡しているんでしょう？　この写真の万年筆が、誰のものかは、そんなに簡単には、分からないんじゃありませんか？」

というと、事務局長は、

「普通に、考えれば、今、刑事さんがおっしゃる通りですが、実は、ちょっと違うのです」

「何が、違うんですか？」

「実は、モンブランの万年筆には、太いものと、細めのものが、あるんですよ。日本人には、細めのほうが、好まれています。この年に渡す卒業記念の万年筆について希望をきいたら、細めのものを欲《ほ》しいという卒業生のほうが、圧倒的に、多かったんです。それに、女性の卒業生は、例外なく、誰も太いほうは欲しがりませんから、女性は全て、モンブランの、細めの万年筆を受け取っています。それに、今いったように、男子の卒業生でも、細めの万年筆のほうが、スマートで、ポケットに、入れやすいからというので、圧倒的に、細めの希望者が多くて、太めの万年筆を欲しがる卒業生は、数が少ないのです。それで、最近の卒業生には、全部細めのモンブランの万年筆を、贈るようにしているくらいですから。この写真は、太めのものです」

と、事務局長が、いった。

その言葉で、十津川は、少しだけ、希望が湧いてきたのを、感じた。

「それでは、この年、太めのモンブランを希望して、卒業記念にもらった学生の名前は、分かりますか？」

「ええ、分かりますよ。この年の二百三十八人の、卒業生の中で、太めのモンブランを希望したのは、たったの十二人ですよ。全員の名前もきちんと名簿に記入してあります」

事務局長は、その十二人の、名前を書いたリストを、見せてくれた。

小野寺が、ほっとした表情で、

「ありますね」

と、いった。

小さな声だが、その声は弾《はず》んでいた。

竹下治夫の名前はあるが、小池鉄道の名前はない。たぶん、小池のほうは、細めのモンブランを希望して、それを卒業記念にもらったのだろう。

二人の刑事は、十二人の名前と住所、それに、電話番号を、自分たちの手帳に書き留《と》めて、S大を出た。

この後、竹下治夫を除く、十一人の卒業生に、片《かた》っ端《ぱし》から、電話をかけていった。

電話をして相手が出ると、十六年前、S大の卒業記念にもらったモンブランの、太めの万年筆を、今でも、持っているかどうかをきくのである。

何しろ、十六年前である。なくしてしまったという卒業生が、何人か出てくるのではないかと心配したが、大学の卒業記念にもらったものだけに、大事にしていると見えて、なくしたという答えをしたのは、一人だけだった。

今でも、持っているという十人に対して、二人の刑事は、

「今でもちゃんと、持っているか、それを、確認してください」

と、いい、なくしたという卒業生に対しては、

「あなたは、犬吠の海岸に、行ったことがありますか？」

と、きいた。

その卒業生が、行ったことがあると答えれば、写真に写っているモンブランの万年筆は、その卒業生が、犬吠の海岸で、落とした可能性も出てくるからである。

「いいえ、犬吠には一度も行ったことがありません」

と、現在、北海道の札幌《さっぽろ》に住んでいるという卒業生が、答えた。

この答えを聞いて、十津川は、ホッとすると同時に、嬉しくなった。

「これからどうしますか？」

と、小野寺が、きいた。

「これで、竹下治夫が、園田恵子と小池鉄道を殺した、犯人であることは、ほぼ間違いないと思いますね。千葉県警で竹下治夫の逮捕令状を、取ってもらえますか？」

と、きいた。

「裁判所に、話をしてみますが、うまく説得しようとしても、まだ、材料が足りないかもしれませんね」

と、いってから、

「十津川さんは、この万年筆が、竹下治夫のものだとして、どうして、竹下治夫が、犯人だと断定できるのですか？」

と、きき、十津川が、「うーん」と、唸《うな》った。

「そうでした。私も、この写真の万年筆が、竹下治夫のものだと、分かった時には、思わずこれで決まりだと思ったのですが、考えてみれば、これだけでは、竹下治夫が、殺人犯だとは、断定できませんね。どう考えたらいいのか、それを、考えましょう」

十津川が、いい、S大の近くに、あったカフェに、入った。

二人のほかには、客の姿はない。

二人は、窓辺の席に、腰を下ろして、お互いに、意見を出し合うことにした。

十津川は、コーヒーを、一口飲んでから、

「私から話しましょう」

と、いった。

「十六年前の三月一日、小池鉄道と竹下治夫、園田恵子、山口由美のS大の同級生四人が、卒業を、前にして、犬吠埼温泉に、行きました。三月一日から、五日の予定でした。この時、この写真の近くの海岸で、園田恵子が、死体となって発見されたんです。殺したのは、同行した三人の中の一人であることは、間違いありませんが、この段階では竹下が犯人だと断定はできません」

「この殺人事件を、われわれ千葉県警が、捜査することになりました。私も、捜査員の一人でした。今、十津川さんが、いわれたように、犯人が、三人の中の誰かだろうということは、すぐ、考えました。しかし、証拠は、何もありませんでしたし、いくら調べても、竹下治夫、小池鉄道、山口由美の三人に、園田恵子を殺す動機が見つからないんです。殺人の目撃者も、いません。結局、犯人は、三人の中の一人ということだけは、たしかだと、考えられても、事件は、解決できないままに、十六年が経《た》ってしまいました。そして、捜査員も二人に、減らされました。それでも、何とかして、真犯人を見つけ出して逮捕したいと考えていた時に、東京のホテルで、小池鉄道が、何者かに、殺害されてしまったのです」

「それで、やがて、警視庁と、千葉県警との合同捜査ということになったんでしたね。われわれも同じで、犯人の殺人の動機が、分からなくて困りました。ただ、容疑者は、三人から、二人になったわけです。竹下治夫と山口由美です。しかも、捜査の途中で、山口由美が、すでに、死亡していることが、分かりました。そうなると、四引く三で、容疑者は、竹下治夫一人だけになりました。しかし、依然《いぜん》として、動機が分かりません。動機は分かりませんが、竹下治夫が、犯人であることは、まず、間違いない。そう考えて、京都に行ったり、千葉の銚子に行ったりして、証拠を探しました。

京都に行った時、殺された小池鉄道が住んでいたマンションを、見に行きました。部屋の壁に、引き伸ばした六枚の大きな写真が、貼ってあるのを見たんです。全て犬吠の海を写したものでした。その中で、もっとも、私の注意を引いたのは、小池鉄道が、園田恵子と二人だけで、撮った写真です。もう一枚、同じ海岸を同じ構図で撮った写真も、私には、気になりました。たぶん、小池鉄道も、その二枚の写真から、園田恵子を、殺した犯人を割り出そうと思っていたに違いありません。

その時に、私たちが行く直前に、容疑者の竹下治夫が、小池鉄道の自宅マンションに、仕事上の、大切なものを、小池さんに、預けてある。どうしても、それが必要だといって、入り、わずか五、六分で、出てきたことが、分かっていました。竹下が、何のために突然、小池のマンションに来て、何をしたのか、全く分かりませんでした。竹下が犯人だろうということは、分かりましたがね。警視庁の刑事の私が、京都に来て、殺された小池鉄道のマンションの部屋を、見に行こうとしていることを察して、竹下は何か自分が犯人であることが、分かってしまうような証拠が、あるのではないかと、思って、慌《あわ》てて、マンションにやってきたのだと、思いました。しかし、わずか数分で部屋から出てきたというので、彼が、何をしたのか分かりませんでした。

私は、竹下の会社の元従業員の二階堂という男に、竹下治夫という男が、どういう人間なのかを、聞いた後、小池鉄道のマンションに、二階堂を、連れていこうとしていたのです。彼も、一度だけ、このマンションに、来たことがあるといって、一緒に部屋を、見に行ったのですが、竹下治夫がここに来て、わずか数分で、帰ってしまったことを知ると、何か部屋の中に、自分に、不利な証拠が残っているのではないかと、心配して、竹下は、それを確認しに来たのだろうと、二階堂とも、話したんです。しかし、わずか五、六分で、何か証拠になるようなものを消したり、変えたりすることが、はたしてできるものだろうかと考えて、竹下治夫が来た後の部屋の中を見て廻ったのですが、何も、発見できませんでした。

竹下治夫が何かを調べるためか、何か自分に都合の悪いことがあって、小池鉄道のマンションを見に来たことは、間違いないのですが、いったい、何をして帰ったのかが、全く分かりませんでした。その後で、二階堂から電話があって、竹下社長が来る前と後で、写真が違っていたのが、分かった、といってきたのですが、その答えを、聞く前に、二階堂は、行方が、分からなくなってしまいました。その上、犯人は先手を打って、小池鉄道のマンションに放火したため、六枚の写真も、燃えてしまったのです。ところが、小池は、そんなこともあるかもしれないと、考えていたのか、駅名の愛称を売買で手に入れた、銚子電鉄の外川駅前に事務所を作り、その壁に、京都の自宅マンションと同じ写真を飾るんだといって、ただ一人の女性事務員である二宮エリカに、手配を頼んでおいたのです。それが今回、われわれが、見た写真です。二階堂が、気がついたことが何か、竹下治夫が、たった数分間で何をやったのかが、やっと分かりました。彼は写真から、あるものを消したんです。それが、モンブランの、太めの万年筆なのです。この万年筆が落ちていたということは、竹下も、小池が二枚目の写真を撮る直前に、この写真の、犬吠の海岸に来たことがあったのではという、手がかりになりました」

と、十津川は、いってから、

「それで嬉しくなってしまったのですが、これだけでは、竹下治夫が犯人だという決定的な証拠にならないことが、分かりました。竹下は、十六年前の旅行のあとは、この海岸に行ったことはないと主張していましたから、それが嘘《うそ》の可能性があると分かっただけです」

「不足しているのは、何だと思いますか？」

「問題の第一は、小池がこの写真をいつ撮ったかでしょうね。十六年前、彼女が死ぬ直前に、二人で撮った写真のほうは、はっきりしていますが、同じ場所を、もう一度、撮った写真のほうは、分からなかったんです」

「しかし、想像はついているわけでしょう？」

と、小野寺が、きく。

「小池は、竹下と京都に行って、広告会社を立ち上げて、成功しています。竹下は、それで、小池が、自分のことを疑っていないと、ほっとしていたと思うのです。ところが、小池は、時々、京都を留守《るす》にする。それが、心配で、竹下は、小池の行動を監視していたんだと思います。そして、あの海岸で、小池が写真を撮っていることを知ることになった。そこで、竹下は、海岸を調べたのではないかと思います。何しろ、あの海岸で、園田恵子を殺しているのですから、小池が、何か発見したのではないかと、心配になって、あの海岸を調べるうちに、卒業記念のモンブランの万年筆を落としてしまったのでしょう。

犬吠の海を愛していた小池は、そのあとも、時々、あの海岸を訪ねて、写真を撮っていたと思うのです。その中で、一番、気に入った写真を、引き伸ばして、自宅マンションの壁に飾っていた。その写真には、竹下が落としたモンブランも、写っていたが、小池は気づかなかったんだと思います」

「確かに、私たち千葉県警が、竹下治夫を訊問《じんもん》した時にも、彼は、あの海岸には、事件のあと、一度も行っていないと、証言しています」

と、小野寺が、いった。

「たぶん、竹下は、小池に対しても、同じことを、いっていたんだと思いますね。それでも竹下は、常に、小池の行動が不安で、その行動を監視していたんだと思います。京都で共同で事業に成功したのに、小池が、東京に戻ろうとしたり、犬吠の海に、あこがれたりしていることに、不安を感じていたのは、間違いないと思います」

「その不安の延長線上に、殺人が起きたんでしょうね。ここに来て、小池鉄道が、銚子電鉄の外川駅の愛称を、一八〇万円で買い、事務所を作ったり、地元の女性を事務員に雇ったりしました。そのことが、竹下の不安をさらに大きくしたんだと思いますね。何しろ、外川の隣が犬吠ですから」

「私も同感です。小池のほうは、犬吠の海が大好きなので、その近くにいたいので、外川駅の愛称を買ったりしたんでしょうが、犯人の竹下はそう考えなかった。何しろ、十六年前に、犬吠で、園田恵子を殺しているので、小池の行動は、その事件を調べているとしか、映らなかったんだと思います」

「竹下は、どうやって、小池を監視していたんだと思いますか？」

「竹下は、何といっても、広告会社の社長ですから、会社を休んで、動き廻《まわ》るわけにはいきませんからね。犬吠には、自分で行ったと思いますが、普段の、小池の監視は、たぶん、私立探偵に頼んでいたと思うのです。共同経営者のことを、私立探偵に調べさせるのは、別に不思議なことじゃありませんから、私立探偵のほうも、怪しむことは、なかったと思います」

と、十津川は、いった。

「実は、長い捜査の中で、社長の竹下が、よく、私立探偵に、仕事を頼んでいるという情報が入ったことがあるのです。そこで、これこそ、竹下が犯人である証拠と見て、京都へ行き、市内の私立探偵を片っ端から、調べたことがあるんですが、調べているうちに、がっかりしました。京都の中小企業で、共同経営の場合、私立探偵を雇って相手を調べるのは、よくあることと分かったからです」

「それでも、状況証拠には、なったんじゃありませんか？」

と、十津川が、いった。

小野寺は、笑って、

「確かに、今回の事件では、状況証拠は充分なんです。そして、竹下以外に、犯人はいないと思うのです。しかし、決定的な証拠はありません。それで、なおさら、いらいらするんです。なぜですかね？」

「一つだけ、考えられる理由があります」

と、十津川は、いった。

「四人の男女がいて、一人が病死、二人が殺され、一人が生き残りました。誰が考えても、残った一人が犯人です。それなのに、なぜか、その犯人を逮捕できない。その理由の一つは、小池鉄道の態度にあると思うのです。小池は、最初に殺された園田恵子と親しかった。一緒に写真を撮っているくらいですからね。十六年前、その彼女が殺されました。残る二人、竹下と、山口由美を疑うのが自然です。その上、園田恵子は、海に沈められて殺されているのですから、力の強い男の竹下治夫を疑うのが普通です。それなのに、小池は、竹下と一緒に京都に行き、竹下を助けて、広告会社を立ち上げ、何年もかけて、成功しているのです。恋人を殺されたのに、呑気《のんき》なものだと思いました。小池は、どう見ても、恋人を殺された男の態度じゃありません」

「確かに、私も、小池の態度には、違和感を覚えました。私も、この事件の捜査の間、小池鉄道の態度は、不思議でした。自分の恋人を殺した犯人と思われる竹下治夫と、広告会社を共同で経営しているし、彼に、園田恵子の事件について、訊問しても、警察に協力して、犯人の竹下を逮捕しようという気持ちは、伝わってきませんでした。竹下を疑っている気持ちも、伝わってこないので、捜査をはぐらかされた感じで、いらついたのを、今でも覚えています」

「私も、小池の、生前の行動から、恋人を殺した犯人を、捕まえようという気持ちが伝わってこないことに面くらいました」

と、十津川が、いった。

「十六年前、園田恵子の殺害事件の捜査に入り、最初は、犬吠周辺の聞き込みをやっていましたが、そのうちに、小池鉄道と竹下治夫は、京都で広告会社を始めたので、二人を調べるために、京都へ行きました。その時、三日間、京都にいて、小池と竹下に会って、聞き込みをやったんですが、その時の報告書を、あらためて読み直してみました。すると、今、十津川さんがいわれたような疑問を、当時も持っていたことが、書かれていました。小池が、事件のことを忘れて、竹下と必死で仕事に没入《ぼつにゅう》していたのです。まるで、恋人の園田恵子の死を忘れたかのように、容疑者の竹下と、会社のために、走り廻っているのです。二人は、仲のいい、お互いを必要としている共同経営者と、報告書には、書いてありました」

「分かりますよ」

「しかし、小池鉄道は、殺されてしまいました。十津川さんは、この殺人事件の犯人は、竹下治夫だと、思っていらっしゃるわけでしょう？」

と、小野寺が、あらためてきく。

「ええ、そう考えています。今でも、彼以外に犯人は、思い当たりません」

「だとすると、犯人の竹下治夫は、京都で一緒に会社を立ち上げながらも、小池鉄道に対して、警戒していたわけですよね？　小池が、自分を園田恵子殺しの犯人だと気がついて、それをとがめたり、警察にいうのではないかと、心配していた。そのうちに、小池が東京、あるいは、犬吠に帰りたいといい出したので、ただ帰るだけならいいが、警察に、自分に対する疑惑を、打ち明けるのではないかと、そのことを恐れて、機先《きせん》を制して、小池を東京のホテルで殺してしまった。たぶん、誰かに大金を与えて、殺させたに違いありません」

と、小野寺は、いう。

「私も、小池を殺したのは、竹下本人ではなく、金を与えて、殺させたのだと思います」

「十津川さんは、竹下が、私立探偵を雇って小池を監視していたと、いわれましたが、どうして、そう思われたんですか？」

「二人で、広告会社を立ち上げたばかりのころだったら、竹下は、自分で、小池の行動を調べ、自分で殺したでしょう。しかし、成功し、会社も軌道に乗っているので、その会社を守ることも考えるようになっていたと思うのです。そうなると、自然に、自分と、会社の両方を守る意識が働くので、私立探偵を使うことにしたのだろうと思うのです。金が貯まると、金で、全てを解決しようと考えますから。小池の事件では、竹下にアリバイがありますから、実行犯は、この私立探偵なのかもしれません」

「今の状態では、竹下に対する逮捕状を取るのは、難しいかもしれませんね。残念ですが」

と、小野寺は、少し弱気の言葉を口にした。

「しかし、ここまできて、手をこまねいているのも、癪《しゃく》に障《さわ》りますね」

と、十津川が、いった。

そのあと、十津川は、何やら考えていたが、

「少しばかり、粗《あら》っぽいやり方ですが、竹下を揺さぶって、向こうが、ミスをするのを期待しませんか？」

と、いった。

小野寺は、急に、明るい表情になって、

「どんな形で、竹下に揺さぶりをかけるんですか？」

「無言電話は、さすがにまずいので、オーソドックスに、匿名《とくめい》の手紙を送りつけてやりましょう。うまくいけば、竹下は、自《みずか》らしっぽを出すかもしれませ

んよ。もし、本人に、何もやましいことがなければ、警察に、連絡してくるはずですしね」

と、十津川は、いった。

「やってみましょう。このままではらちがあきません」

と、小野寺が賛成した。

第七章　わが愛について

1

　十津川は、千葉県警の小野寺警部と示し合わせ、竹下治夫を〝罠《わな》〟にかけることにした。全てを知っているぞという脅迫状を、もう退院したはずの、竹下治夫宛《あて》に送ることに決めたのである。

　それは苦渋《くじゅう》の決断だった。

　今回の事件を担当した時、すぐ、容疑者は竹下治夫と考えた。他にこれという容疑者はいなかったからである。

　十六年前に、竹下は、犬吠で、園田恵子を殺し、今になって、小池鉄道を殺していると、十津川は断定した。

　その十津川を悩ませたのは竹下の行動ではなく、被害者小池鉄道の行動だった。

　十六年前、二人は、S大の四年生だった。卒業寸前の三月一日から、犬吠に旅行し、その時に、女子大生の一人、園田恵子が、殺された。海に沈められて殺されたことから見て、女性の山口由美が犯人とは考えにくいとなれば、小池から見て、犯人は竹下以外には、考えられなかったろう。小池は、園田恵子に好意を持っていたというから、竹下を、厳《きび》しい眼で見るようになっていたはずである。

　それなのに、小池は、S大を卒業してから、竹下に乞《こ》われて、彼の郷里の京都に行き、二人で広告会社を始めているのだ。以来十年以上、二人は、共同経営者として、懸命に働き、成功者といわれるようになった。その間、二人がケンカをしたことはなかったといわれるが、十津川に分からないのは、この間の小池の心理である。竹下が、園田恵子殺しの犯人と、分かっていたとしたら、なぜ十年以上も、協力して働いていたのか。

すでに、小池が死んで、きくわけにはいかないから、脅迫状を送りつけて、竹下に告白させようというのである。

〈私は小池鉄道から、全て聞いている。

あなたは、自分が十六年前に犯《おか》した殺人がばれるのを恐れて、二十年来の友人の小池鉄道を殺したのだ。

あなたが京都の小池鉄道のマンションで見た、彼が犬吠の海で撮《と》った六枚の写真。その写真には、あなたが、園田恵子殺しの犯人であることを示す痕跡が残っていた。それを知ったあなたは急遽《きゅうきょ》、小池鉄道のマンションに入り、その写真に白いテープを貼りつけて、手早くごまかした。

しかし、それでも、あなたは不安だから、最後には小池鉄道のマンションに、放火して、六枚の写真を焼いてしまった。それで、自分が十六年前に犯《おか》した殺人、また、二十年近く付き合った、友人の小池鉄道殺しの、証拠を消したと、思って安心したのだろう。だが、小池鉄道は、デジカメのメモリーの中に収めていた、その六枚の犬吠の海の写真と同じものを抜き出し、現像、焼付けし、銚子電鉄の終点、外川の駅前に作った事務所の壁に、京都のマンションと同じように飾《かざ》って、毎日のように、眺《なが》めようとしていた。

だからこちらには、その殺人の証拠が残っている。どんな証拠かは、あなた自身が、よく分かっているはずだ。私としては、あなたが警察に自首して出るのを待っていたいのだが、すでに小池鉄道は、亡くなってしまった。そこで彼の志《こころざし》を継ぐ私に、その償《つぐな》いをしてくれれば、この件を内密にしておくことを約束する。その金額は、一〇〇〇万円。次の日曜日までに、その一〇〇〇万円を持って東京経由で、銚子電鉄に乗り、終点の外川に降りて、そこで、次の指示を待つことを要求する〉

十津川はその脅迫状を、千葉県警の小野寺警部に見せ、さらに二宮エリカにも見せて、協力も要請した。小野寺は、賛成したが、さすがに二宮エリカのほうは当惑の顔で、

「警察が、一市民の私を利用するんですか?」

と、食ってかかった。

「私たちは、殺人犯を逮捕したいんだが、必要な直接証拠がない。そこで、この脅迫状を考えたんだが、われわれ警察が、脅迫状を書いたと分かれば、竹下治夫は平気で、これを無視するだろう。事件を担当した刑事が、容疑者を脅迫するのは、許されない。そこで、君の力を借りたいんだ。

君も、小池鉄道に、好感を持っているようだし、殺人事件の犯人を、警察に協力して、捕まえたいだろう? だから君に、頼むんだ。君の名前を、直接この脅迫状に書くわけではない。ただ、竹下治夫は、君以外に、脅迫状の主《ぬし》はいないと考えるだろう。それが私たちの狙《ねら》いの一つなんだ」

「狙いの一つだといっても、犯人が、私を狙ったら、どうするんです?」

「この脅迫状で、次の日曜日までと、期限を切って

いる。それまでの五日間。その間に、決着がつく。その間、私たちは全力をあげて君を守る。われわれはこう見えても、犯罪関係のプロだからね。ボディガードもやったことがある。今回の相手は、兇悪な殺人犯だが、アマチュアだ。絶対に、君を傷つけたりはさせない。だから今から五日間、犯人が、電話してきたら、脅迫者として、適切に、応対してほしいのだ」

と、十津川がいった。

「竹下治夫という人が、犯人だと思っているんでしょう？　でも、証拠がないから逮捕ができない。そうなんでしょう？」

「その通りだよ」

「でも、竹下治夫が、脅迫状の主が私だと気がつかなかったら、どうなるんですか？」

と、エリカがきく。

「この脅迫状を、送っておけば、竹下治夫は必ず、脅迫状を書いたのは誰だろうかと考える。警察が書くとは思わないだろうから、小池鉄道と、今の時点で親しい人間を、探すはずだ。同級生四人のうちの二人、小池鉄道と園田恵子は、すでに殺してしまった。三人目の山口由美は病死した。小池鉄道が生存していた時の、一番最後に、近くにいた人間、と、考える。こうして考えれば、五日の間には竹下治夫の推理は君に辿《たど》り着く。何故《なぜ》なら、小池鉄道が東京に帰るつもりで、銚子電鉄の駅名愛称を買い、事務所を作り、君を雇《やと》った。小池鉄道が、最後に、自分のそばにおいていたのは、君だと考える。

竹下は、迷うことなく君を、脅迫状の主だと、決め付ける。そして君の口を塞《ふさ》ごうとするだろう。この脅迫状はポストに投函《とうかん》するから、君自身は、首都圏から動く必要はない。ただ、君が警察と示し合わせて脅迫状を書いたと思われたら、この計画は、失敗する。そこで、いつも通りの生活を送ってほしいのだ。毎日、外川駅前に作った事務所で八時間を過ごし、まっすぐ自宅に帰る。それを繰り返す。そうすれば、犯人の竹下治夫は、警察は関係していないと思い、必ず、外川の事務所に現われる。

しかしどうしても、君がこの役目は嫌《いや》だというのならば、それはそれで、君の気持ちを尊重する。やはり、何とかして竹下治夫に、小池殺し、園田恵子殺しを自白させる。時間はかかるだろうが、根気よくやるより仕方がない」

十津川は、その後黙《だま》って、二宮エリカの反応を、待った。

「もう一つ」

と、小野寺警部が口を挟《はさ》んだ。

「たとえば、もし、身の危険を感じていた、小池鉄道が、殺される直前、君宛に手紙を書いていたとしたら、どうだね。私も十津川警部も、その手紙の中身は、見ていない。しかし、だいたいの想像はついている。もし私に代わって、仇《かたき》を討ってくれたなら、君に、遺産のうちから一〇〇〇万円を贈る。そういった内容でも、おかしくない」

「嘘でしょう？　そんなこと」

二宮エリカが、きき返した。

「いや、そうとはいい切れない。それどころか、君宛に遺書を書いていた可能性は、充分にある。中身に関する私たちの想像も、間違っていないと思う。何しろ、小池鉄道にとって、君は、唯一《ゆいいつ》の社員だからね」

と小野寺がいった。亡くなった小池鉄道は、最後に、自分のそばで働くことになった二宮エリカに、何かの手紙を遺《のこ》していた可能性は高いと、小野寺は思い、十津川も考えていた。十津川が、付け加えた。

「君が小池鉄道の仇を討たなくても、君宛の最後の手紙があったとしたら、遺書といってもいい手紙になるんだが、私たちは小池鉄道の、遺産の中から、一〇〇〇万円を君に贈るようにすると、今、約束してもいい」

脅迫状は、二宮エリカの手で、東京駅横の中央郵便局で、投函された。わざわざ、彼女に投函させたのは、犯人の竹下治夫が私立探偵を使って、銚子電鉄の外川駅や、駅前に作った事務所、エリカや十津川たちを監視しているかもしれないと思ったからである。もし、刑事の、十津川や千葉県警の小野寺が中央郵便局で、脅迫状を、投函するところを見られていたら、竹下治夫は、京都から動かないだろうと、危惧《きぐ》したからである。

二宮エリカは、何とかこちらの考えや計画に賛成してくれたのだが、さすがに、中央郵便局から、投函する時は、青い顔をしていた。そして投函した後、外川の、小池鉄道が作った事務所に戻ると、十津川と小野寺にいった。

「これから五日間、毎日、怯《おび》えて暮らすんですよね。小池社長のためだからというので、賛成しましたけど、本当のところ、怖《こわ》い」

といった。それに対して、十津川と小野寺はこもごもに、

「大丈夫ですよ。われわれは刑事ですから、絶対に、危険な目にはあわせませんよ」

と約束した。

十津川は、京都府警に話し、竹下治夫の動きを監視してくれるように、頼んだ。京都から離れずにいる間は、二宮エリカの警護を緩《ゆる》めてもいい。逆に、

竹下治夫が、京都から姿を消した場合は、直《ただ》ちに二宮エリカの警護を強化する必要がある。京都から銚子まで五時間。つまり五時間後に起きる殺人事件を、絶対に、防がなければならないからである。

二日目、三日目と、竹下治夫に動きはない。それでも、十津川は、慌《あわ》てなかった。その脅迫状を見た竹下治夫が動くことは、間違いないと確信していたからである。竹下は今までに大学時代の友人二人を、殺しているし、元社員の二階堂も殺している可能性がある。それだけの殺人を、やってまで、竹下治夫は、自分の会社や自分の地位を、守ろうとしてきたのである。

と、考えれば、脅迫状に反応しないわけがないのだ。そうした十津川の推理は、適中して、五日目の日曜日、京都府警から、銚子署にいる、十津川に、電話が入った。

「竹下治夫が本日、京都八時五九分発の、『こだま642号』に、乗車しました」

と、知らせてきた。

「『のぞみ』や『ひかり』ではなくて、『こだま』に、乗ったんですか？」

十津川がきき返した。

「間違いありません。うちの刑事が、二人、竹下治夫を、尾行して、間違いなく京都発八時五九分の『こだま642号』に乗りました」

と向こうも繰り返した。

「それから、竹下の広告会社の元社員、二階堂の死体が発見されました。京都の郊外の、雑木林《ぞうきばやし》です。刃物で、刺されていました」

と、京都府警からの電話は、もう一つの報告をした。

「竹下との、かかわりを示すものはありましたか」

と、十津川は、きいた。

「刺さっていた刃物の、指紋を、確認しています」

電話が終わってから十津川は、時刻表で八時五九分京都発の「こだま642号」のダイヤを確認した。

「何故、『のぞみ』や『ひかり』ではなくて、『こだま』を、選んだんでしょうか？」

千葉県警の小野寺が首をかしげた。

「たぶん、用心のためでしょう。『ひかり』や、『のぞみ』の車内で、何か予定外のことがあっても、降りる駅が少ないから、それだけ、自由も利《き》かないわけです。『こだま』なら各駅停車ですから、どこの駅でも降りられますからね」

と、十津川が、いった。二人はその後、直ちに銚子電鉄の終点外川駅に、向かった。


戦争が始まったのだ。

十津川は、竹下が「こだま」に乗ったのは、東京駅までの途中、どこの駅でも降りられることを狙ったに違いないと思ったが、各駅に刑事を見張りに派《は》遣《けん》することはしなかった。十津川が一番欲《ほ》しいのは、竹下治夫が犯人だという直接証拠である。したがって、「こだま」から降りた竹下治夫を、いくら尾行しても、殺人の証拠にはならないと思ったのだ。とにかく竹下は、千葉県の、外川にやってくるだろう。

十津川と小野寺が、外川の事務所に着くと、二宮エリカが青白い顔で、二人を迎えた。

「竹下治夫が京都を出ましたから、間違いなくここに来ますよ。絶対に、あなたを守るから、安心してください」

と、十津川がいった。竹下が乗った「こだま64

2号」の東京着は十二時四七分である。その途中で降りたとしても、東京に入るのは、十二時四七分よりも早いことはまずないだろう。その時間から列車を使ってここまでくるか、それともタクシーを飛ばしてくるかは、分からない。しかし間違いなく、ここに現われるはずである。

「銚子からは銚子電鉄に乗って、やって来るとは思えませんか？」

と小野寺がいった。

「たぶんそれは、ないでしょう。銚子電鉄はスピードが遅いし、駅間が短くて、それに編成が一両か二両ですから、見つかりやすい。竹下はたぶん、相当な覚悟をして、こちらに来るでしょうから、見つかりやすい方法は、取らないと思います。たぶん、銚子駅からは、タクシーで来るか、あるいはレンタカーで、こちらに、やってくると思います」

十津川は、確信を持って、いった。

午後四時近くになると、十津川と小野寺は、事務所を出て、外から事務所を見張ることにした。

事務所には、二宮エリカが残っている。

午後四時になると、千葉県警から、十人の刑事が、派遣されてきた。

彼らは、小野寺の指示で、駅周辺のものかげに隠れて、竹下治夫が現われるのを待つことになった。

午後四時を過ぎたが、依然《いぜん》として、竹下は現われない。しかし、十津川は落胆しなかった。逆に、竹下が現われると、確信を強くした。

たぶん、遅れているのは、竹下が、用心しながら、近づいて来ているのだと、考えられるからだった。

隠れている刑事たちが、少しずつ、いらついてくる。

小野寺も、ときどき、腕時計に眼をやって、

「もう、時間的には、現われて、いなければいけないんですが――」

と、十津川に、いう。

「向こうも用心しているんだと思いますね。この近くには、来ているんだと思いますが、用心深く、罠かどうか、探《さぐ》っているんですよ」

「そうだとすると、引き返してしまうかもしれませんね」

「それは、ありません」

「どうしてですか？」

「こちらが、日曜日までと期限を切ったからです。京都を出て、『こだま』で東京に向かったということは、二宮エリカの口を封じようと思ったからです。ただ、竹下は、用心深く、時間をかけて、二宮エリカに近づくと思いますね」

「しかし、いらつきますね」

と、小野寺が、苦笑する。

「この調子だと、夜になるかもしれませんね」

「向こうは、暗くなるのを待っているということですか？」

「これは、犯人との忍耐比《くら》べになるかもしれません。犯人は、まだ、事務所の周辺に、小池殺しの捜査をする刑事がいてもおかしくないと考えていると思うのです。この刑事たちが、暗くなって、引き揚《あ》げたら、その隙《すき》を、狙うつもりかもしれません」

「どうしたら、こちらが勝てますかね。何時に現われるか分からない犯人を、じっと待つより仕方がありませんか？」

「それも、いいと思いますが、こちらも、芝居《しばい》を打ちましょうか」

「どんな芝居を？」

「竹下は、すでに、この近くに来て、じっと様子を窺《うかが》っていると思うのです。そこで、ひと芝居打ってみますか？」

「どんな芝居ですか？」

「千葉県警の刑事が、何人か来ていますね？」

「十人来ています」

「パトカー三台ですか？」

「私も員数に入れて、三台です。見えない場所に、かくしてあります」

「暗くなったら、あなたが、事務所にいる二宮エリカに大声で、声をかけてください。もう、今日は、引き揚げる、とです。実際に、パトカーで、ここから出てください」

「後に残るのは、十津川さん一人では、まずいでしょう？」

「実は、昨日、二人の刑事を呼んだのです。彼らは、夜のうちに、事務所に入っています」

「じゃあ、私も、残ります。芝居は、十人の刑事にやらせます。犯人逮捕の時、地元、千葉県警の刑事が一人もいないのは、おかしいですから」

「そうですね。じゃあ、残る四人の一人になってください」

と、十津川は、笑顔で、いった。

そうしているうちにも、周囲は、暗くなっていく。

事務所にも、明かりがついた。

小野寺警部が、事務所をのぞき込んで、いった。

「われわれは、今夜はここで、いったん引き揚げます」

「大丈夫なんですか？」

芝居のことを知らない、エリカがきく。小野寺は、小さな声で、

「ここまで、警戒していたんですが、この様子では、犯人は、明日に延ばしたのだと思います。明日の早朝が危険だと見ています。とにかく、われわれは、明日に備《そな》えて、帰って、ゆっくり、休みます」

と、いい、待機していた十人の刑事に、パトカーで引き揚げるよう告げた。

さらに、時間が、経《た》っていく。

だが犯人の竹下が、現われる気配はなかった。

二宮エリカが、帰宅する時間が、近づいてくる。

(竹下は、その時刻を狙っているのかもしれない)

と、十津川は、思った。

十津川は、外川駅前の事務所にいる二宮エリカが、狙われるものと考えていたのだが、外川から電車に乗って帰宅する彼女を、狙う気かもしれない。

(わざと、隙を作って見せたのだが、失敗したかもしれない)

と、思った。

県警の刑事十人は、すでに、銚子署まで帰らせてしまった。

それを呼び返すとしても、二宮エリカの帰りの時刻より、遅くなってしまう。

(まいったな)

その時、駅舎の電話が鳴り、一人だけいる駅員が、帰り支度《じたく》をしている二宮エリカに、大声で、伝えた。

「犬吠駅の手前で、脱線事故が起きました。そのため、その復旧には、明朝までかかる見込みです」

その知らせに、十津川は、ほっとした。これで、芝居を続けられると思ったからである。

(それに、竹下が、電車で、この近くまで来ていれば、彼も、動きにくくなっているに違いない)

そうなれば、竹下が、外川の事務所に襲いかかって来て、二宮エリカを、殺そうとする可能性が、強く、なってくるのだ。

(用心しろ)

と、十津川が、事務所に、ひそんでいる刑事たちに、指示を与えた瞬間、竹下の攻撃が始まった。

2

その攻撃は、放火で、始まった。

古びた駅のホーム、駅舎が、突然、一斉《いっせい》に、火を噴《ふ》いたのだ。

たちまち、駅舎やホームが、炎に包まれた。

白煙が広がる。その白煙に包まれるようにして、竹下治夫が、ナイフをふりかざして、事務所に飛び込んできた。

誰かが、悲鳴をあげた。二宮エリカの悲鳴だ。

白煙の中で、その悲鳴に向かって、竹下が、ナイフを振り下ろした。

それと、ほとんど同時に、刑事たちが、竹下に飛びかかった。

エリカの悲鳴、刑事たちの怒声《どせい》、そして竹下の叫び声、といったさまざまが、交錯《こうさく》した。が、その直後に、突然、沈黙が生まれ、誰も動かなくなった。

白煙が消えたあと、そこにあったのは、刑事たちに、組み伏せられた竹下と、事務所の隅《すみ》で立ちすくむ二宮エリカ、そして、「これで、やっと終わったか」という表情の十津川と、県警の小野寺の二人。

竹下は、全く、抵抗しなかった。

そのまま、竹下は、銚子警察署に連行された。

そこで、三件の殺人について、県警の小野寺と、十津川が、訊問《じんもん》した。

十六年前の園田恵子殺しについては、小野寺が、主《おも》に訊問した。十六年も前の事件である。否認や、黙秘《もくひ》を覚悟していたのだが、竹下は、あっさり、園田恵子殺しを認めた。

東京のホテルでの小池鉄道殺しについては、十津川が訊問した。この事件では、竹下にアリバイがあるので、抵抗を覚悟していたのだが、この事件についても、竹下は金で人を雇い、小池を殺したと、あっさりと認めた。

三人目の京都での殺しについては、京都府警に、訊問を任《まか》せることにしていたのだが、そうするまでもなく、竹下は、簡単に、供述をし始めた。

このあっけなさに、訊問に当たった十津川や小野寺のほうは、驚いた。

刑事の間では、全て、竹下の策略で、刑事を、安心させておき、次に、老練《ろうれん》な弁護士と相談して、法廷で抵抗するのではないかという声も、出た。

最初に、訊問に当たった県警の小野寺は、こんなふうにいった。

「こちらが出した脅迫状にまんまと引っかかって、二宮エリカを殺そうとした。凶器のナイフも、所持していた。したがって、弁明の余地がなくなり、全てを認めたのではないか」

確かに、納得できる見方だったが、竹下が全く、抵抗しない理由は、分からなかった。何しろ、小池と二人で、十年以上にわたって、京都で、広告会社を成功させていた男である。そんな男が、なぜ、急に、自分の犯した罪を認めたのか、それが、十津川には、不思議《ふしぎ》だったのだ。

逮捕三日後、竹下は、

「ペンと便箋《びんせん》を貰《もら》えませんか」

と、いった。

家族や弁護士に電話することは、すでに許可してあるので、上申書《じようしんしよ》を書くのだろうと、十津川は、考えた。それを読めば、竹下の考えや、今の気持ちが分かるだろうと、それを許可して、筆記具を渡した。

その後、竹下の動きを見ていると、夕食には、手をつけず、便箋に向かって、ペンを取り続けていた。

夜明け近くになっても、まだ、ペンを持っているという。県警の小野寺も、それを聞いて、

「早く、読みたいですね」

と、いった。十津川も、同じ気持ちだったが、その夢を無惨《むざん》に破壊したのは、

「竹下治夫が、自殺しました！」

という、若い刑事の叫び声だった。

十津川と小野寺は、あわてて、地下にある留置場に向かって走った。

竹下治夫は、机に突っ伏す恰好《かつこう》で、死んでいた。

「心臓は、停止しています」

と、刑事が、声をふるわせた。

顔を引き起こすと、顔面は血で真っ赤だった。舌を嚙《か》んで死んでいるのだ。

医者が、すぐ呼ばれたが、医者は、竹下の死を確認することしかできなかった。

「どうして、自殺なんかしたのか、わけが分かりませんよ」

と、小野寺が、怒ったように、いった。

「二時間前に、見廻った時には、まだ、ペンを持っていたんですよ。全てを告白するつもりかときいたら、そのつもりですと、穏《おだ》やかな口調で、答えたので、安心していたんですよ」

「私も同様です」

と、十津川も、いった。

十津川たちは、遺体に白布をかぶせてから、ともかく、竹下治夫の書いた手紙に、眼を通すことにした。

封筒の裏には、何の文字もない。

中には、便箋数枚。そして、最後のページには、

〈全て終了　午前四時五二分〉

と、あった。

これだけでは、遺書かどうか分からないが、竹下は、全てを書き終えてから自殺したのだから、竹下自身は、遺書のつもりで書いたに違いなかった。

十津川たちは、コピーをとって、それぞれで、眼を通すことになった。


〈私は間違いなく、十六年前に園田恵子を殺し、今になって、小池鉄道を殺し、そして、私の会社の社員だった二階堂を殺しました。その点は、十津川警部や千葉県警の小野寺警部のお考え通りです。しかし、それは、表に現われた殺人が、形通りに見えただけのことで、根本《こんぽん》のところで、お二人は、誤解されているのです。

例《たと》えば、十六年前の園田恵子殺しです。お二人は、たぶん、私が、小池と恵子との仲に、嫉妬《しっと》して殺したのだろうと、考えられたでしょう？　普通に考えれば、それ以外に考えようがないでしょう。しかし違うのです。

あの時、私は、園田恵子に、内緒で、一人だけ後から来てくれ、お願いしたいことがあるといったのです。彼女は、にっと笑いました。明らかに、私の申し出を間違えて受け取ったのです。

小池と園田恵子がいい仲らしいと、噂《うわさ》に、なっていました。恵子にしてみれば、私、竹下まで、自分のことを好きになって、二人だけになったら、愛の告白をするのだろうと思ったに違いないのです。違うことが、分かってくれるか不安でしたが、この日、二人だけになると、私は、彼女に、小池と別れてくれと頼みました。今度は、彼女、声を立てて笑いました。笑いながら、こういいました。「別に小池くんの彼女じゃないから、君とも付き合うわよ」と。私は、正直に喋《しゃべ》ることにしたのです。「君には、何の興味もない。私にとって大事なのは、小池だ。やっと見つけた大事な人なんだ。だから、彼に、ちょっかいを出さないでくれ。S大を卒業したあともだ」といったのです。恵子は、また笑いましたが、今度は、軽蔑《けいべつ》の笑いでした。「君たちは、例の同性愛ってやつなのね。あたしは、同性愛は嫌いだし、急に小池くんと別れろというのも、腹が立つ。だから、学長に告発してやる。こういうことが大嫌いな学長だから、間もなく卒業だけど、退学になるかもしれないわよ。それも、二人じゃなく、どちらか一人が退学になるようにしてあげる」と、いうのです。退学のことは、さすがに無茶ですが、園田恵子は、学長とは親戚だったので、いうことも、まんざら不可能とは、その時は、思えなかったのです。

　私は、私たちに構《かま》わないでくれと頼んだのですが、無駄でした。私は、どんなことをしても、小池を失いたくなかったので、彼女を殺さざるを得なかったのです。

　事件のすぐ後は、園田恵子が、小池と別れたがっていたと、証言しましたが、真実は正反対でした。

　私が、他の男の子と違うことに、気がついたのは、小学校の五年生になった頃です。他の五年生の男の子が、何らかのかたちで、女の子に、ちょっかいを出したり、追いかけ廻《まわ》しているのに、私は、全く女の子に、興味が持てませんでした。しかし、小学校、中学校、高校と、私に応《こた》えてくれる男子生徒は、いませんでした。それでも、私の性癖《せいへき》は変わらず、高校に入ると、有名な、男の同性愛を扱った雑誌を、購読するようになりました。その雑誌が見つかって、父から、ぶん殴《なぐ》られたこともありました。S大に入り、ひとりでマンション暮らしになってから、雑誌の購読も平気でできるようになりましたが、一番嬉《うれ》しかったのは、小池鉄道と知り合ったことでした。私は、相手のちょっとした動作や、喋り方で、その男が自分と同じ性癖の持ち主かどうか、分かるようになっていました。だから、小池に、それを見つけて、驚喜《きようき》したのです。

　私は、少しずつ、小池と親しく、なっていきました。そして、頃合いを見て、自分の思いを打ち明けました。その時、小池は、こういいました。

「おれは、自分の性癖を知られたくないので、女とも、付き合っている。園田恵子だ。しかし、ここに来て、彼女が卒業後、結婚しようと、いい出して困っている。彼女は、おしゃべりだから、おれの性癖を知ったら、いいふらすに決まっているからだ」とです。それなら、私が、うまく彼女を説得してやるといって、結局は、彼女を殺すことに、なってしまったのです。そのため、私と小池は、卒業してから、逃げるように、東京から、京都に行き、しばらくしてからは、二人共同で立ち上げた、広告会社に、没頭《ぼっとう》しました。

犬吠へ、一緒に旅行した、山口由美は、園田恵子の、死んだ真相に、気付いていたようです。私に、好意を持っていたのでしょう。私の証言に、合わせてくれました。気が弱くて、真実をいい出せず、それを気に病んで、不安定でした。彼女が、やけになって、全てを告発するのが心配で、横浜でカフェをしている小笠原に、あずけました。でも、結局、その悩みがもとで、彼女が死んでしまったのは、申しわけないと思っています。

それからの十何年か、私にとっては、幸福でした。好きな小池と、一緒に仕事をし、毎日、顔を見ることができたからです。わざと、別々のマンションに住み、会社の人間もあまり呼ばないようにしていたのは、私たちが一緒にいるところへ、他人が訪《たず》ねてくるのが、嫌だったからです。

今は、世の中の、意識も進んで、私たちの関係を隠す必要は、全く、ありません。でも、今でも、園田恵子のような悪意を持つ人が、いないわけではないのです。

女性の来客が、あるように見せたり、わざと、大事なお客を連れてくるから、といって、部屋を掃除してもらったことも、あります。

広告会社は成功しました。ところが、その頃から、小池の様子が、おかしくなってきたのです。第一に、犬吠の近くで住みたい。犬吠の海を見て暮らしたいと、いうのです。京都という町は、自分には、合わないとも、いい出したのです。

第二に、奥さんを貰い、子供を作り、家庭を持ちたいというのです。

その一つの表われが、彼のマンションに飾られた犬吠の海の写真です。壁の写真は、最初は、五枚だったのです。全て、犬吠の海の写真で、写真の景色の中に、人物、特に女性を入れるのは、私たちの間では、禁じ手になっていました。

それを破って、小池は、突然、女性の、というより、園田恵子と一緒に撮った写真を、引き伸ばして、風景写真に加えたのです。

京都に来てから、私と小池の間で、園田恵子の名前が、出ることとは、めったにありませんでした。彼女を殺した私は、もちろんですが、小池も、彼女の名前を、めったに口にしませんでした。たぶん、彼は、そうすることが、私との間がうまくいくことになると、思っていたのだと思います。私が園田恵子を殺したことを知っていたかどうかは、分かりません。私は勝手に、自分に都合のいいように、考えていました。小池も、私たち二人の間にあった邪魔者が、消えたことを喜んでいると、です。

京都の十何年かの、小池との蜜月《みつげつ》は、私が園田恵子を殺したことで、手に入れたのです。あの、小池との精神の昂揚《こうよう》を、誰にも奪わせるものかと、固く決めていたのです。それを、信じていた、愛している小池が、壊《こわ》そうとしていたのです。

会社で、小池は東日本の担当、私は、西日本の担当に、なっていました。ビジネスに、悪戦苦闘している頃、私は、小池を疑ったことは、一度も、ありませんでした。それなのに、ビジネスが成功してから、私は、小池を疑うような事態を迎えることになってしまったのです。それも、小池と女という、最も嫌な関係について、嫉妬に苦しめられることになってしまったのです。でも、何とか小池を信じようという気持ちのあった時、彼と一緒の時は、かろうじて精神の平衡《へいこう》を保つことが、できたのですが、そのうちに、仕事で、小池が東京に行ったりすると、ひとりでに、嫉妬の気持ちがわいてくるようになってしまったのです。

会社の宣伝ポスターに、美人のモデルを使うとに、私は、何の不安も感じませんでした。私は、女性の美しさ、かしこさを正当に評価をしても、それが愛情にまで昇華《しょうか》することはないし、小池も同じだろうと思っていたのに、ここにきて、小池の選ぶモデルが、どこか園田恵子に似ていると、私は、たちまち、疑心暗鬼《ぎしんあんき》にとらわれてしまうようになったのです。仕事で東京に行っても、本当に行ったのかどうかまで、疑うようになり、私立探偵三人を雇って、小池を尾行させることになってしまったのです。

その結果は、悪くなるばかりでした。仕事で、東京に出かけた小池は、私に内緒で、銚子電鉄の駅名愛称を買い、外川駅前に、自分の事務所を作り、地元の女性、二宮エリカを、採用したのです。京都に戻ってきた小池に、それとなく質問をしても、はぐらかされて、おしまいでした。

最近では、小池は、マンションに女性の友人も、こっそり、入れていたようです。

明らかに、小池は、私を裏切り始めたのです。それでも、私は、彼に対して、怒りの感情はわいてきませんでした。彼を失いそうで、ひたすら悲しかった。

小池は、私の世界から、逃げようとしている。三人の私立探偵による報告書では、小池の裏切りは、私にとって危険だとも思えてきた。小池が、銚子電鉄の外川駅前に事務所を作り、二宮エリカという女性を雇った。その彼女は、私には、どこか、園田恵子に似ているように見えた。

小池は、私のいない世界に、逃げようとしている。私が、それを、邪魔しようとすれば、最後に、小池は、私が園田恵子を殺したと、警察に告げるかもしれない。私たちの世界では、園田恵子の死は、二人を結びつける強固な接着剤だったが、小池が私のいない世界に行きたくなった場合は、彼の証言は、危険なものになりそうな気がしたのです。

それでも、私は、決心がつきかねていました。私と小池の二人で作った広告会社は成功し、証券取引所に上場されました。会社を守るためには、小池を失ってもいいと思ったこともあります。東京か、犬吠に行っても、小池が、私のことを警察に、あれこれ話したりはしないだろう。その自信はありましたが、私は、自分の会社も守りたかったし、小池も失いたくなかった。そのことが、結果的に、私を危《あや》うくしたのです。

京都から去ろうとする小池。その小池は、銚子電鉄の外川の駅名愛称を買った。が、外川の手前は、犬吠なのだ。その上、死んだ園田恵子に似た二宮エリカという女性事務員を雇い、犬吠の周辺を写真に撮り始めたのです。別のいい方をすれば、小池が、十六年前の殺人事件のことを、掘り返しているように、思えたのです。その上、彼のマンションにある六枚の写真も、私を追いつめていたのです。私が殺した園田恵子と、小池が一緒に写っている古い写真、その写真が私を苦しめたのです。同じ場所で撮った写真に、私の万年筆が、写っていたことも、とても不安でした。

私は、彼女を殺したことに、何の後悔も感じていません。小池という人生の伴侶《はんりょ》を手に入れるためだったからです。それほどまでして、手に入れた伴侶なのに、肝心《かんじん》の小池が、私から逃げようとしていることに、我慢ができなかったのです。

それでも、私は、自分で、小池を殺す勇気はありませんでした。それで、雇っていた三人の私立探偵の中で、冷酷《れいこく》で、金さえ出せば、何でもする男に頼んで、東京に出張した小池を、うまく、ホテルで殺させたのです。来客に見えるように、近づかせ、カメラを盗ませて、物盗りが、動機に見えるようにも、させました。アリバイ作りと、警察は、考えたようですが、違います。私に、勇気があれば、自分で、小池も殺しています。

しかし、警察は、まっすぐ、正攻法で、私を追ってきました。

私は、殺人容疑で逮捕されるにしても、お二人には、本当の気持ちを、分かっていただきたかった。そのくせ、どこかで、警察になんか、分かってもらわなくてもいい。私と小池の二人だけの世界は、誰にも知られずに、大事に取っておきたいと考えたりもするのです。

うちの元社員の二階堂も殺しました。正直にいえば、彼を殺さなくてもよかったのです。

私の万年筆が、写り込んだ写真に、細工をしたのは、私の、小池に対する殺意が、園田恵子の写る写真によって発生したことから、眼をそらしたかったのです。それでも不安で、結局は、合鍵で小池の部屋に入って、火をつけました。

小池が、自分の名前を、殺された現場に、残したのは、捜査の眼を、外川の駅に、向けたかったのでしょう。私の、いくつもの、小細工は、結局、無駄でした。

警察は、私と小池を事件に結び付ける、真の関係が分からないはずです。六枚の写真のことで、私の関与が示されても、肝心の真の動機が分からず、証拠もなければ、私は逮捕されないだろうと思ったからです。

　ただ、二階堂だけ、小池の部屋に入ったことがあって、私と小池の仲に、気付いていたようでした。その点でも、二階堂は、危険だったのです。それでも、警察は、事件の本当の姿は分からないだろうと思っていました。

　ところが、お二人は、決定的な証拠がないままに、私を追いつめようとする。下手《へた》をすると、真の動機を知られないまま、私は逮捕され、断罪されてしまいそうな模様になってきたのです。それで、私自身のためというより、愛した小池のために、動機を誤解されたまま、事件が終結してほしくなくなってきたのです。

　会社で仕事をしていると、いつ、警察がやって来るかと、不安でたまりませんでした。夜中に、走っている車の前に飛び出して、交通事故で入院したのは、病院に、逃げ込みたかったからです。

　脅迫状が送りつけられてきたのは、私の思った通りでした。私はすぐ、この脅迫状は、二宮エリカが考えたのではなく、お二人が、考え抜いて書かせたものだと分かりました。

　やはり、決定的な証拠がなくて、困っているのだと、思いました。それで、いったんは、無視することを考えました。証拠がなければ、私を逮捕することはできないだろうと、思ったのです。一〇〇〇万円くらいは何とかなるので、脅迫者をからかってやろうとも考えました。

　そんなさまざまな考えを思い浮かべているうちに、私は、次第《しだい》に、全てが、空《むな》しくなってきたのです。

私の人生は、小池が死んだ時に終わっていたのです。

私は、子供の頃から、彼を探し続けてきたのです。大学に入ってから、やっと、その「彼」を見つけたのです。

彼を失いたくなくて、私は、殺人も犯しました。S大を卒業し、彼と二人で京都で、広告会社を立ち上げ、仕事に夢中だった時が、私にとって最高の幸福でした。

最後に、お二人にお願いがあります。

小池の墓に一緒に埋葬してくれとは、いいません。同じ寺の墓地に、小さな墓を立てられるよう、お寺さんに、頼んでくれませんか。

それに、墓石に何か書くことが許されるのなら、

「本当の愛に死んだ男の墓」

と書いてください〉

編集部注・この作品は、月刊『小説NON』（祥伝社刊）平成二十八年二月号から八月号まで連載されたものです。

本作品はフィクションですので、実在の個人・団体などとは一切関係がありません。銚子電鉄の駅名愛称命名権を購入した実在の企業なども一切関係がありません。また、本作品の連載開始後、初回は応募のなかった本銚子、外川の二つの駅の愛称命名権も、ヒゲタ醬油（株）と早稲田ハウス（株）の二社に、それぞれ購入されました。

十津川警部　わが愛する犬吠の海

ノン・ノベル百字書評

キリトリ線

なぜ本書をお買いになりましたか（新聞、雑誌名を記入するか、あるいは○をつけてください）

- □ （　　　　　　　　　　　　）の広告を見て
- □ （　　　　　　　　　　　　）の書評を見て
- □ 知人のすすめで
- □ タイトルに惹かれて
- □ カバーがよかったから
- □ 内容が面白そうだから
- □ 好きな作家だから
- □ 好きな分野の本だから

いつもどんな本を好んで読まれますか（あてはまるものに○をつけてください）

●**小説**　推理　伝奇　アクション　官能　冒険　ユーモア　時代・歴史　恋愛　ホラー　その他（具体的に　　　　　　　）

●**小説以外**　エッセイ　手記　実用書　評伝　ビジネス書　歴史読物　ルポ　その他（具体的に　　　　　　　）

その他この本についてご意見がありましたらお書きください

最近、印象に残った本をお書きください		ノン・ノベルで読みたい作家をお書きください	

1カ月に何冊本を読みますか	冊	1カ月に本代をいくら使いますか	円	よく読む雑誌は何ですか	

住所	

氏名		職業		年齢	

あなたにお願い

この本をお読みになって、どんな感想をお持ちでしょうか。

この「百字書評」とアンケートを私までいただけたらありがたく存じます。個人名を識別できない形で処理したうえで、今後の企画の参考にさせていただくほか、作者に提供することがあります。

あなたの「百字書評」は新聞・雑誌などを通じて紹介させていただくことがあります。その場合はお礼として、特製図書カードを差しあげます。

前ページの原稿用紙（コピーしたものでも構いません）に書評をお書きのうえ、このページを切り取り、左記へお送りください。祥伝社ホームページからも書き込めます。

〒一〇一―八七〇一
東京都千代田区神田神保町三―三
祥伝社
NON NOVEL編集長　日浦晶仁
☎〇三（三二六五）二〇八〇
http://www.shodensha.co.jp/bookreview/

NON NOVEL

「ノン・ノベル」創刊にあたって

「ノン・ブック」が生まれてから二年一カ月、ここに姉妹シリーズ「ノン・ノベル」を世に問います。

「ノン・ブック」は既成の価値に〝否定《ノン》〟を発し、人間の明日をささえる新しい喜びを模索するノンフィクションのシリーズです。

「ノン・ノベル」もまた、小説《フィクション》を通して、新しい価値を探っていきたい。小説の〝おもしろさ〟とは、世の動きにつれてつねに変化し、新しく発見されてゆくものだと思います。

わが「ノン・ノベル」は、この新しい〝おもしろさ〟発見の営みに全力を傾けます。

ぜひ、あなたのご感想、ご批判をお寄せください。

昭和四十八年一月十五日

NON・NOVEL編集部

NON・NOVEL—1031

長編推理小説　十津川警部《とつがわけいぶ》　わが愛《あい》する犬吠《いぬぼう》の海《うみ》

平成28年9月20日　初版第1刷発行

著　者　西《にし》村《むら》京《きよう》太《た》郎《ろう》

発行者　辻　浩明

発行所　祥《しよう》伝《でん》社《しや》

〒101-8701

東京都千代田区神田神保町 3-3

☎03(3265)2081(販売部)

☎03(3265)2080(編集部)

☎03(3265)3622(業務部)

印　刷　堀内印刷

製　本　関川製本

ISBN978-4-396-21031-1 C0293　Printed in Japan

祥伝社のホームページ・http://www.shodensha.co.jp/

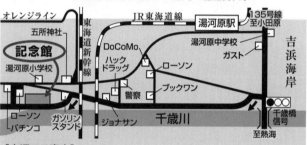

西村京太郎ファンクラブのお知らせ

会員特典(年会費2200円)

◆オリジナル会員証の発行
◆西村京太郎記念館の入場料半額
◆年2回の会報誌の発行(4月・10月発行、情報満載です)
◆抽選・各種イベントへの参加(先生との楽しい企画考案中です)
◆新刊・記念館展示物変更等のハガキでのお知らせ(不定期)
◆他、追加予定!!

入会のご案内

■郵便局に備え付けの郵便振替払込金受領証にて、記入方法を参考にして年会費2200円を振込んで下さい ■受領証は保管して下さい ■会員の登録には振込みから約1ヶ月ほどかかります ■特典等の発送は会員登録完了後になります

[記入方法] **1枚目**は下記のとおりに口座番号、金額、加入者名を記入し、そして、払込人住所氏名欄に、ご自分の住所・氏名・電話番号を記入して下さい

郵便振替払込金受領証　窓口払込専用

口座番号	金額
00230-8-17343	2200

加入者名	料金 (消費税込み)	特殊取扱
西村京太郎事務局		

2枚目は払込取扱票の通信欄に下記のように記入して下さい

通信欄
(1)氏名(フリガナ)
(2)郵便番号(7ケタ)※**必ず7桁**でご記入下さい
(3)住所(フリガナ)※**必ず都道府県名**からご記入下さい
(4)生年月日(19××年××月××日)
(5)年齢　(6)性別　(7)電話番号

※なお、申し込みは、郵便振替払込金受領証のみとします。
メール・電話での受付は一切致しません。

■お問い合わせ(西村京太郎記念館事務局)
TEL 0465-63-1599

長編推理小説
十津川警部捜査行 外国人墓地を見て死ね　西村京太郎

トラベル・ミステリー
十津川警部捜査行 宮古《みやこ》行「快速リアス」殺人事件　西村京太郎

長編推理小説
生死を分ける転車台
天竜浜名湖鉄道の殺意　西村京太郎

トラベル・ミステリー
十津川警部捜査行 カシオペアスイートの客　西村京太郎

長編推理小説
十津川警部捜査行 SL「貴婦人号」の犯罪　西村京太郎

トラベル・ミステリー
十津川直子の事件簿　西村京太郎

長編推理小説
九州新幹線マイナス1　西村京太郎

トラベル・ミステリー
十津川警部 怪しい証言　西村京太郎

長編推理小説
十津川警部 哀しみの吾妻《あがつま》線　西村京太郎

推理小説
十津川警部 悪女　西村京太郎

長編推理小説
十津川警部 七十年後の殺人　西村京太郎

トラベル・ミステリー
十津川警部 裏切りの駅　西村京太郎

長編推理小説
十津川警部 絹の遺産と上信電鉄　西村京太郎

長編推理小説
十津川警部 わが愛する犬吠の海　西村京太郎

長編本格推理小説
愛の摩周湖殺人事件　山村美紗

長編山岳推理小説
奥多摩殺人溪谷　太田蘭三

長編山岳推理小説
殺意の北八ヶ岳　太田蘭三

長編推理小説
闇の検事　太田蘭三

長編推理小説
顔のない刑事〈全十九巻〉　太田蘭三

長編推理小説
摩天崖《まてんがい》 警視庁北多摩署特別出動　太田蘭三

長編本格推理小説
終幕《フィナーレ》のない殺人　内田康夫

長編本格推理小説
志摩《しま》半島殺人事件　内田康夫

長編本格推理小説
金沢《かなざわ》殺人事件　内田康夫

長編本格推理小説
喪《うしな》われた道　内田康夫

長編本格推理小説
鯨の哭《な》く海　内田康夫

長編推理小説
棄霊島《きれいじま》 上下　内田康夫

長編推理小説
還《かえ》らざる道　内田康夫

長編推理小説
汚《よご》れちまった道　内田康夫

長編旅情推理
紀の川殺人事件　梓林太郎

長編旅情推理
京都 保津川殺人事件　梓林太郎

長編旅情推理
京都 鴨川殺人事件　梓林太郎

長編旅情推理
日光 鬼怒川殺人事件　梓林太郎

NON NOVEL

長編旅情推理 神田川殺人事件 梓林太郎
長編旅情推理 金沢 男川女川殺人事件 梓林太郎
長編旅情推理 安芸 水の都の殺人 梓林太郎
長編旅情ミステリー 石見《いわみ》銀山街道殺人事件 木谷恭介
長編推理小説 京都鞍馬《くらま》街道殺人事件 木谷恭介
長編推理小説 棟居刑事の一千万人の完全犯罪 森村誠一
長編本格推理 緋色の囁《ささや》き 綾辻行人
長編本格推理 暗闇の囁き 綾辻行人

長編本格推理 黄昏《たそがれ》の囁き 綾辻行人
ホラー小説集 眼球綺譚《きたん》 綾辻行人
長編本格推理 一の悲劇 法月綸太郎
長編本格推理 二の悲劇 法月綸太郎
本格推理コレクション しらみつぶしの時計 法月綸太郎
長編本格推理 黒祠《こくし》の島 小野不由美《ふゆみ》
長編本格推理 紅《べに》の悲劇 太田忠司
長編本格推理 藍《あい》の悲劇 太田忠司

長編本格推理 男爵《バロン》最後の事件 太田忠司
長編ミステリー 幻影のマイコ 太田忠司
長編ミステリー 警視庁幽霊係 天野頌子《しょうこ》
長編ミステリー 恋する死体 警視庁幽霊係 天野頌子
連作ミステリー 少女漫画家が猫を飼う理由《わけ》 警視庁幽霊係 天野頌子
連作ミステリー 紳士のためのエステ入門 警視庁幽霊係 天野頌子
長編ミステリー 警視庁幽霊係と人形の呪い 天野頌子
長編ミステリー 警視庁幽霊係の災難 天野頌子

長編本格推理 扉は閉ざされたまま 石持浅海《いしもちあさみ》
長編本格推理 君の望む死に方 石持浅海
長編本格推理 彼女が追ってくる 石持浅海
本格推理小説 わたしたちが少女と呼ばれていた頃 石持浅海
サイコセラピスト探偵 波田煌子シリーズ〈全四巻〉 なみだ研究所へようこそ! 鯨統一郎
長編本格歴史推理 親鸞《しんらん》の不在証明 鯨統一郎
本格歴史推理 空海 七つの奇蹟 鯨統一郎
天才・龍之介がゆく!シリーズ〈十二巻刊行中〉 殺意は砂糖の右側に 柄刀《つかとう》一《はじめ》

長編サスペンス　陽気なギャングが地球を回す　伊坂幸太郎

長編サスペンス　陽気なギャングの日常と襲撃　伊坂幸太郎

長編サスペンス　陽気なギャングは三つ数えろ　伊坂幸太郎

長編伝奇小説　新・竜の柩　高橋克彦

長編伝奇小説　霊《たま》の柩　高橋克彦

長編歴史スペクタクル　奔流　田中芳樹

長編歴史スペクタクル　天竺《てんじく》熱風録　田中芳樹

長編新伝奇小説　夜光曲　薬師寺涼子の怪奇事件簿　田中芳樹

長編新伝奇小説　水妖日にご用心　薬師寺涼子の怪奇事件簿　田中芳樹

長編新伝奇小説　海から何かがやってくる　薬師寺涼子の怪奇事件簿　田中芳樹

サイコダイバー・シリーズ①～⑫　魔獣狩り　夢枕　獏

サイコダイバー・シリーズ⑬～㉕　新・魔獣狩り〈全十三巻〉　夢枕　獏

長編超伝奇小説　新装版　魔獣狩り外伝　聖母隠陀羅・美空曼陀羅　夢枕　獏

長編超伝奇小説　新装版　新・魔獣狩り序曲　魍魎の女王　夢枕　獏

長編新格闘小説　牙鳴り　夢枕　獏

長編超伝奇小説　魔海船〈全三巻〉　菊地秀行

マン・サーチャー・シリーズ①～⑬　魔界都市ブルース〈十三巻刊行中〉　菊地秀行

魔界都市ブルース　闇の恋歌《こいうた》　菊地秀行

魔界都市ブルース　〈魔法街〉戦譜　菊地秀行

魔界都市ブルース　狂絵師サガン　菊地秀行

魔界都市ブルース　美女祭綺譚　菊地秀行

魔界都市ブルース　虚影神　菊地秀行

魔界都市ブルース　屍皇帝《しこうてい》　菊地秀行

魔界都市ブルース　〈魔界〉選挙戦　菊地秀行

魔界都市ブルース　〈新宿〉怪造記　菊地秀行

長編超伝奇小説　ドクター・メフィスト　夜怪公子《やかいこうし》　菊地秀行

長編超伝奇小説　ドクター・メフィスト　若き魔道士　菊地秀行

長編超伝奇小説　ドクター・メフィスト　瑠璃魔殿《るりまでん》　菊地秀行

長編超伝奇小説　ドクター・メフィスト　妖獣師ミダイ　菊地秀行

長編超伝奇小説　ドクター・メフィスト　不死鳥街　菊地秀行

魔界都市迷宮録　ラビリンス・ドール　菊地秀行

魔界都市プロムナール　夜香抄《こうしょう》　菊地秀行

魔界都市ノワール・シリーズ
媚獄王《びごくおう》〈三巻刊行中〉　菊地秀行

魔界都市アラベスク
邪界戦線　菊地秀行

魔界都市ヴィジトゥール
幻工師ギリス　菊地秀行

超伝奇小説
退魔針《たいましん》〈三巻刊行中〉　菊地秀行

長編超伝奇小説
魔界行 完全版　菊地秀行

新バイオニック・ソルジャー・シリーズ
新・魔界行〈全三巻〉　菊地秀行

長編小説
ダークゾーン　貴志祐介

連作小説
厭な小説　京極夏彦

長編超伝奇小説
龍の黙示録〈全九巻〉　篠田真由美

長編新伝奇小説
ソウルドロップの幽体研究　上遠野《かどの》浩平

長編新伝奇小説
メモリアノイズの流転現象　上遠野浩平

長編新伝奇小説
メイズプリズンの迷宮回帰　上遠野浩平

長編新伝奇小説
トポロシャドゥの喪失証明　上遠野浩平

長編新伝奇小説
クリプトマスクの擬死工作　上遠野浩平

長編新伝奇小説
アウトギャップの無限試算　上遠野浩平

長編新伝奇小説
コギトピノキオの遠隔思考　上遠野浩平

猫子爵冒険譚シリーズ
血文字GJ《ジー・ジェイ》〈二巻刊行中〉　赤城《あかぎ》　毅《つよし》

長編新伝奇小説
魔大陸の鷹 完全版　赤城　毅

魔大陸の鷹シリーズ
熱沙奇巌城《ねっさきがんじょう》〈全三巻〉　赤城　毅

長編冒険スリラー
オフィス・ファントム〈全三巻〉　赤城　毅

長編新伝奇小説
有翼騎士団 完全版　赤城　毅

長編エンターテインメント
麦酒《ビール》アンタッチャブル　山之口洋《やまのぐちよう》

長編本格推理
羊の秘《ひ》　霞《かすみ》　流一《りゅういち》

長編本格推理
奇動捜査 ウルフォース　霞《かすみ》　流一《りゅういち》

長編ミステリー
警官倶楽部　大倉崇裕

長編極道小説
女喰《ぐ》い〈全十八巻〉　広山義慶

長編求道小説
破戒坊《はかいぼう》　広山義慶

長編ハード・ピカレスク
毒蜜 裏始末　南　英男

ハード・ピカレスク小説
毒蜜 柔肌《やわはだ》の罠　南　英男

情愛小説
大人の性徴期　神崎京介

長編冒険ファンタジー
少女大陸 太陽の刃《やいば》、海の夢　柴田よしき

推理アンソロジー
まほろ市の殺人　有栖川有栖他